JN235963

フィフス
fifth

「楽しかったよ。君の成長を見るのは」

やわらかい吐息で、男が微笑む。

「君が初めて眼鏡をかけてきた時とか。卒業証書を見せてくれた時とか」

じっと自分を見つめる巽の瞳を、榎本も瞬き一つせずに見つめ返した。

フィフス

水壬楓子《みなみふうこ》

ILLUSTRATION
佐々木久美子《さ さ き く み こ》

CONTENTS

フィフス

フィフス

「……あ、はい。少々、お待ちください」

隣《となり》の部屋で電話を受けた律《りつ》が、よく通る声で軽やかに答えている。

律が「エスコート」に来て一年と少し。秘書という肩書きができて、そろそろ一年になろうかというところだ。

要領も覚えもいい彼はすっかり仕事に慣れ、この四月からは大学生もやりながら、しかし仕事に手を抜くこともなかった。

他の人材派遣《はけん》の部門は別に社長をおいて一任しているが、ボディガード部門だけは一人で仕切ってきた榎本《えのもと》にとって、もはや手放せない存在になりつつある。

最近では顧客《こきゃく》データの管理や報告のとりまとめ、ガードたちのスケジュール、そして榎本自身のスケジュール調整までしてもらっているのだ。

もっとも専属の秘書もおかず、今までそれを一人でこなしてきた榎本自身がちょっと問題だったのかもしれない。

しかし榎本は、仕事以外さして興味も楽しみもないという典型的な仕事人間……いや、それとも少し違うだろう。

榎本は仕事が趣味、というよりむしろ、仕事は道楽、というくらいの感覚でこの仕事を楽しんでいた。だからいそがしいのも苦ではない、というところだ。子供がゲームに夢中になるのとさして違いはない。

律がドアのむこうから顔を出して、1番にお電話です、と告《つ》げてくる。

榎本の執務室と律の秘書室とは一続《ひとつづ》きで、来客など特別な場合でなければ間のドアは開けっ放しだ。内線でとり次ぐより、声を張り上げた方がよほど早い。

その律の口から告げられた相手の名に、一瞬、榎本の受話器を上げる手が止まった。

ちらりと机の上にまわってきていた書類に目をやる。

かなり有名な、と言っていいだろうその男の名前と写真が、プロフィールとともにきれいにプリントアウトされていた。

馴染《なじ》みの顧客を通して打診《だしん》のあった、新しい依頼人《クライアント》だ。

新しい客の場合、実際に「エスコート」として受けるかどうか、受けて問題はないか、最初にその依頼人のバックグラウンドを調べる。つまり、知らない間に違法行為に荷担《かたん》させられることがないように、である。

むろん、実際の人となりは仕事に入らないとわからないわけだが、人格やその他プライベートに問題があれば次からは受けないし、そうしたリスクを避《さ》けるために「紹介」というシステムをとっているのだ。

そして受ける受けないの最終決定はすべて、榎本に一任される。

A4二枚にコンパクトにまとめられた男の経歴。家族構成。趣味や資格。

だがこの男のそんな目に見える以上のことを、榎本は知っていた。――きわめて個人的に。

四角い写真の中から男が穏やかに微笑《ほほえ》みかけている。まさしく選挙向けの、人当たりがよい、好感度の高い笑顔。

だが榎本には、それが少しよそよそしく見えた。

……すかしてるよな……。

と、そんな苦笑が浮かんでしまう。

おそらくは榎本だけが知っているこの男の顔は、いろんな意味で、一般の認識からは大きく離れているのだろう。

すっ、と一呼吸おいて、受話器をとる。

「……はい。お電話替わりました。榎本ですが」

『やあ…、和佐《かずさ》』

低い、穏やかな声が耳に流れこむ。いや、沁みこんでくる。耳元で自分の名前をささやくこの声が、他のどんな時よりも馴染みがある。

きっと他の人間は、マイクを通したこの男の、堂々とした張りのある声の方に聞き覚えがあるのだろうが。

「門真《かどま》さまですね」

背もたれに深くよりかかり、ゆったりと足を組んだ楽な体勢をとりながら、静かに榎本は答えた。

『他人行儀《ぎょうぎ》だね』

おやおや、と言いたげに電話口のむこうで男が苦笑する。

「わざわざ間に人を立てられたのはそちらでしょう？」

それに榎本は、あえて素っ気《そ　け》なく、ことさら丁寧《ていねい》な口調で続けた。

確かに「エスコート」は紹介を通してしか新規の客は受けていない。だがこの男なら――直接榎本に連絡をとることができるのだ。まわりくどく紹介者など立てずとも。

律から書類がまわってきた時には、いったい何の冗談かと思ったくらいだ。

まあ、だがそれもこの男のスタンスなのだろう。それならそれにつきあうのもいい、と思う。

「ボディーガードがご入り用とか？」

口元は笑いながら、しかし口調は変えず。

初めて「客」の立場になる男の声を楽しく聞きながら、指先が手元の写真を弾《はじ》く。

『そう、少し出かけたいところがあってね』

「必要ならSPがつくのでは？」

『私用だからね。税金を使わせるわけにもいくまい』

「これはこれは。政治家とは思えない賢明なご判断ですね」

あからさまな皮肉に男が小さく笑う。

「身辺警護《しんぺんけいご》が必要なほど、誰かに恨《うら》みを買いましたか？」

『いや、そういうわけではないが。まあ、この立場になるといろいろとね……』

あながち冗談ともいえない榎本の言葉に、門真が言葉をにごす。

『番記者がうろうろしているもので、なかなか思うように動けなくてね』

まあ、昨今《さっこん》の混乱した政治情勢を見ると、確かにそれもうなずける。

「たかがマスコミよけにうちのガードを使おうというわけですか」

トップ・ガードを派遣するなら、丸一日で数十万からの費用がかかるのだ。第一、トップレベルの技術がもったいない。

『仕事をえり好みしてはいかんよ』

いくぶん冷たく言った榎本に、受話器のむこうの男がとぼけた調子で返してきた。

『私がそちらへ出向いて、正式に依頼をした方がいいのかな？ 契約書《けいやくしょ》もあるんだろう』

「とんでもない。おいそがしい先生にご足労《そくろう》いただくわけには。私がおうかがいいたしましょう」

榎本は大げさな口調で言ってみせた。

『いつ？』

「ご随意《ずいい》に」

『では……五日、としておこうか』

さらりと言われて、一瞬榎本は口をつぐむ。

『ちょうどいいだろう』

どうせ会うのだから。

声にならないそんな言葉が聞こえる。

「結構ですよ」

もちろん問題はない。

その日は、彼のために空《あ》けているのだから。

間に人を立ててまで遠まわしに、他人行儀に依頼してきたくせに、結局公私混同じゃないか、とは思うが。

「で、その出かける場所と期間は？」

手元にメモ帳を引きよせながら、榎本は尋《たず》ねた。口調がいくぶんくだけたものになる。

『いや、実はまだ決めていない』

が、あっさりと言われて、思わず絶句する。

決まっていない、ではなく、決めていない――？

「……何ですか、それは？」

普通は、この日にこういう場所に行くからガードを頼む――、だろう。

『私用だと言っただろう？　プライベートな旅行がしたいんだよ』

プライベートな旅行？

榎本は思わず、心の中でくり返した。

「愛人との隠密《おんみつ》旅行か何かですか？」

愛人、と自分で言ったその言葉に、彼にか――あるいは自分にか、皮肉な色が混じる。

が、それでも、まさか――、と。

もちろんそんな答えを予想していた。

『まあ、そういうことかな』

しかしあっさりと肯定《こうてい》されて、一瞬、榎本は言葉につまった。

「……どういうことです？」

わずか口調が強張《こわば》ったのは、嫉妬《しっと》などではない――、と思う。

この男との関係は、確かに愛人、と呼べるものかもしれない。が、恋人ではない。そんな甘いものではなかった。

彼のプライベートに関して、自分がどうこう言える立場にないことは、榎本も十分、承知している。

だから、ただ……この男に他にもそういう相手がいて、それを自分が知らなかった、ということが不快なだけだ。

だが男は、含むような笑みをその深い声ににじませて言った。

『君次第だということだよ、和佐』

いつもと変わらぬ穏やかな口調。

しかし榎本は、わずかにとまどいを覚えた。

こんなふうに誘われたことは、今まで一度もなかったから。

この十七年間、一度も。

※　　※

榎本が初めて門真巽《たつみ》という男に会ったのは、十五歳の誕生日だった。

十七年前。つまりすでに人生の半分以上を、彼を知って過ごしてきたことになる。

九月五日。

この日は二学期に入って最初の実力考査が行われた、その帰りのことだった。

中学三年の秋ともなれば、進路に向けて最終調整が行われる時期である。とはいえ、テストのデキは悪くはなかった。いつも通り。

校門を出たところで背後から呼び止められ、榎本は横を歩いていた真城《ましろ》と一緒にふり返った。

三十前くらいだろうか。女性受けしそうな甘めの容貌《ようぼう》の男だった。だが、落ち着いた物腰に軟派なところはなく、自然に流した髪も清潔な印象で、残暑の残る中、かっちりとしたスーツ姿なのにむしろすずしげに見える。

が、榎本には見覚えのない顔だった。

「榎本和佐くん？」

が、その男は迷うことなくまっすぐに自分を見つめて、もう一度、名前を呼んだ。

耳に残る、穏やかな低い声。口元のやわらかな笑み。しかしその眼差しは、刺すように鋭く榎本を観察していた。

観察、というより、むしろ値踏みとでも言った方がいいのかもしれない。

誰だ、と問うような視線をよこした真城に、榎本は軽く肩をすくめてみせた。

小学校、いや、幼稚園から一緒の真城の交友範囲にない人間なら、自分の知人でもない。

だがキャッチセールスにしてはずいぶんピンポイントだ。そもそも中学生の所持金など、たかが知れている。

「少し時間があるかな？　君のお父さんのことで話がしたいんだが」

その言葉に、榎本は大きく目を見開いた。

名前さえ知らない父——。

榎本は、自分が私生児だということはかなり小さい頃から自覚していた。

そうでなくとも銀座《ぎんざ》に店を持っていた母親に対してまわりの目は冷たかったし、口さがない世間の噂話《うわさ》も耳に入っていた。

幼い頃は、父親のいない家庭をそれなりに不思議にもさびしくも思いはしたが、母親は決して父の

名を言わなかったし、それらしい男が家に訪ねてくることもなかった。

そしていつしか、「父親」という存在は榎本にとって言葉だけのものになっていた。

特に会いたいとも、どんな人間だか知りたいとも思わない。

一生、縁のないもののはずだった。

それが、なぜ今頃になってこんなことを言ってきたのか。

むろん、目の前のこの男が自分の父親だとは思わない。いくらなんでも若すぎる。とすると、この男はいったい何者なのか——？

「今日の約束は明日にしようか」

隣で真城がそう言って、なかば立ちつくしていた榎本の肩を軽くたたいた。

今日の榎本の誕生日に真城が何かおごってくれる、という話になっていたのだ。

真城は榎本の家庭環境について、ほとんど榎本と同じくらい知っている。

榎本は一瞬迷ったが、小さくうなずいた。

無視しても——よかったのだ。こんな男のことなど。

それでもこの男の「話」というのは気になった。

自分から場を外そうとしてくれる友人の気づかいに、榎本は感謝した。中三にしてはいささか気がまわりすぎるとは思うが。

「何の用ですか？」

真城が行ったあと、冷たくそう尋ねた榎本に、場所を移そうか、と男は言った。

確かに、ただでさえ人通りの多い放課後、校門の真ん前でする話ではないだろう。

男は榎本を乗ってきた車に誘った。

『知らない人についていってはいけません』

助手席のドアに手をかけた時、ふっと小学校の担任に言われたそんな言葉が頭に浮かんだ。

誘拐《ゆうかい》されると思うわけではない。この男が変質者の類《たぐい》とも思えない。

……ただ。

まとわりつくような、肌がざわめくような、かすかな不安を覚えた。

危険だ——、と。

身体の奥で一瞬、警報が鳴ったような気がした。

そしてそれは、正しかったのである——。


「門真巽」

榎本はもらった名刺の名前を読み上げた。

ある有名な私立大学の講師、という肩書きの入った名刺だった。

「大学の先生なんですか？」

つと視線を上げて尋ねた榎本に、巽がうなずいた。

「そう。国際政治学を研究している」

なるほど、言われてみればそんな雰囲気ではある。学者にしてはあか抜けしすぎている、という気もするが。

きっと女子大生にキャアキャア言われているんだろうな、と榎本は内心で鼻を鳴らした。

榎本が連れてこられたのは、都内一等地にそびえ立つ高層マンションだった。３ＬＤＫ、二十五階建ての最上階。窓からの眺望《ちょうぼう》もすばらしい。

この年でこの居住だとすると、もともとが相当に金持ちなのだろうと推測できる。いくら有名私大とはいえ、まだ二十代の講師の身でこのマンションには住めないだろう。

こんなものしかなくて悪いね、と巽はグラスにウーロン茶を入れて出してくれた。

「ふだん、客もめったにないものだから」

「それで話というのは？」

それに手もつけず、榎本はさっさと本題に入った。

男は苦笑して、そして榎本の斜向《はすむ》かいのソファに腰を下ろした。

「別に悪い話じゃない。そう警戒しないでくれるとありがたいんだが」

そう言われても、どこの誰だかわからない父親の話、というだけで、十分榎本には警戒する理由がある。

「うーん、何から説明すればいいのかな……」

巽がちょっと顎《あご》に手をやって考えこんだ。

「俺の父親だという男の名前。職業。そしてあなたとの関係」

それにピシャリ、と榎本が突きつける。

男はちょっと目を見張り、そして楽しげに口元を笑わせた。

「……なるほど。しっかりしているようだね。さすがは開校以来の秀才だと評判だけのことはある」

榎本はわずか眉をよせた。

つまりこれは、この男は今日いきなり榎本の前に現れた、ということではなく、しばらく前から自分のことを調べていた、という意味だ。

「では、順番にいこう」

と、講義をするような口調で男が言った。

「君の父親の名前は、門真英一朗《えいいちろう》という」

その名前に、ピクリ、と榎本は顎を上げた。

「職業は……おそらく私が説明しなくとも、君なら知っているんじゃないかと思う」

どうかな？　と、巽が生徒に質問するような間《ま》をとったのに、榎本は小さく息をしてうなずいた。

「ええ…、聞いたことはありますよ。実際にどんな悪事を働いているのかは知りませんけどね。……

ああ、女を孕《はら》ませて捨てた、ってこと以外は」

中学生とは思えない辛辣《しんらつ》なその言葉に、巽が額《ひたい》に手をやって苦笑した。

「君の年齢だと政治にたいした興味もないだろうが、まあ、現役の大臣だからね」

確かに榎本も、政治などに興味はない。だが若くして入閣《にゅうかく》したその男の名前は、記憶にあった。

……そう。そういえば、母がその組閣のニュースを見ていたから、かもしれない。

その男が……父親？

そう言われてもたいした感慨《かんがい》はなかった。名前は記憶にあっても、顔も浮かばない。

だが、なるほど、とは思った。

政治家が水商売の女と深い関係になった。だが子供ができて、女は捨てられた、というわけか。体面をはばかって、認知もしなかったわけだ。

「そして、三つ目の答えは、私は彼の弟になる。つまり君の叔父《おじ》、というわけだね」

同じ名字だ。そんなところだろう。兄弟にしてはずいぶんと年が離れているようだったが。

「英一朗は一番上の兄なんだが、なにせ十八も年上だからね。私のことはずいぶんと可愛《かわい》がってくれたんだよ。昔はいそがしかった父親と顔を合わせることも少なくて、私にはほとんど父親のような存在だったかな」

言われて、榎本は目の前の男をもう一度じっくりと眺めた。

どこか、似たところがあるのだろうか？　自分と？

会ったことのない父親には何の感情もないが、こうして目の前にいる男が血のつながった叔父だと言われると、妙《みょう》に落ち着かない気がした。

榎本には今まで、たった一人の親戚《しんせき》もいなかったから。

母親の両親はすでになく、兄弟がいるとも聞いたことはない。故郷は東北の方だと言っていた気もするが、東京《とうきょう》に出てきて以来、親戚とは絶縁状態のようだった。

……そしてむろん、認知もされていない父方には、親戚のしの字もなかったわけだ。

「あいにく、俺には父親がいませんから叔父もいませんけどね」

榎本はまっすぐに彼を見て、自分の立場をはっきりとさせた。

実の父親が何であれ、自分にはまったく関係ない、と。

うーん、と男がちょっとうなった。

「兄を、恨んでいるのかな?」

「別に恨む必要もないでしょう。初めからいなかった人ですし」

何も感じない、というのが正直なところだ。

「父親の話を聞きたいとは思わない?」

「興味ありません」

巽が小さくため息をつく。

「それで、そのオジサマが今頃、何の用なんですか?」

あからさまに皮肉な調子で、榎本は尋ねた。

「俺の父親という人の使いですか？」

「いや…、そういうわけじゃない」

彼は大きく息をついて、それを否定した。

「兄は私が君に会っていることも知らないよ。これは私の独断、というか……まあ、根まわし、というかね」

「根まわし？　政治家的ですね」

榎本が唇だけで笑う。

「君に会っておきたかったんだ。私の立場と、私の気持ちを直接伝えておきたかったから。よそから変な話を聞く前にね」

そう言った巽に、榎本はふっと嫌な予感を覚える。

何か、自分にとってあまり楽しい話ではなさそうな気がした。

「……頼むよ。警戒しないでくれ。私は君の敵じゃない、ということを伝えたかっただけでね」

その榎本の気配を読んだのか、巽が嘆息《たんそく》した。

「どういうことですか？」

「つまりね」

と、口にして、そして彼はちょっと居住まいを正した。

「兄は近々、君を手元に引きとるつもりでいる」

淡々と告げられて、榎本は思わず目を見張った。

「どういうことですか……？」

思いがけない言葉に、さすがに声が強張る。

「兄は今、四十七歳なんだが…、実は子供がいないんだよ。君以外は、という意味だが」

榎本は目を見開いたまま、じっと目の前の男をにらんだ。

「まあ、私からして両親が四十を過ぎた時の子供だったから、兄夫婦も今までかなり待ってみたようなんだけどね」

「……ずいぶんですね。自分勝手に捨てておきながら、結局子供ができなくて、じゃあ仕方なく引きとろうってわけですか？」

怒《いか》りに声が震えた。

「そう言われると身も蓋《ふた》もないが」

と、巽が肩をすくめた。

「門真の家は、明治《めいじ》の時代から政治家の家系でね。跡取《あとと》りがいないと困るんだよ」

「俺には関係ありません」

そう言い捨てると、榎本は立ち上がった。

「待ちなさい。――ああ、まいったな……」

思わず自分も立ち上がっていた巽が、本当に困ったように頭をかいた。

「できれば、話を最後まで聞いてくれないかな？」

穏やかに言われ、大きく息をついてから、榎本はソファにすわり直した。

ここで中途半端《はんぱ》に話を終わらせてもあとあと面倒だ、と思ったからだ。

水滴のついたグラスをとってようやく一口つけ、気持ちを落ち着かせる。

「兄の後継については昔から折に触れて話題にはのぼっていてね。私もずいぶんと危機に瀕《ひん》してきたわけなんだが」

「危機？」

いくぶん茶化したような言い方をした男に、榎本が聞き返す。

「つまり、私が後継候補にあがっていたということでね」

巽が肩をすくめた。

「もう一人、真ん中の兄がいるんだが、その兄には放浪癖《ほうろうへき》があってとても政治家をやっていけるタイプじゃない。それで私に、とね」

「あなたがやればいいじゃないですか」

あっさりと言った榎本に、巽は首をふった。

「そんな柄じゃないし、そのつもりもない。あれがどれだけしんどい仕事かは、私も幼い頃から身近で見てよく知っているからね」

「おいしい商売じゃないんですか？　だからみんながやりたがる」

榎本は冷ややかに指摘した。

「それだけに厳しい世界でもあるんだが。まあ、好《す》き好《ず》きかな」

ほとんど他人事《ひとごと》のような調子だった。

「それで兄夫婦にはずっと子供がいなかったわけだから――正式にはね――、もしこのままの状態なら、後継は私に、というのがまわりの暗黙《あんもく》の了解というか、そんな雰囲気になってしまっていてね」

「いいんじゃないですか」

榎本は鼻を鳴らした。

「よくないよ。私にはそんなめんどくさいことをするつもりはまったくない。きな臭くなってきたようだから、実はしばらく国外へ逃亡しようかと思っているんだ」

うんざりしたように巽が手を広げた。

「国外？」

「留学という形でね。四、五年、あるいは十年くらいは行きっぱなしでもいいかと思っている。何ならむこうに永住してもね」

漠然とした嫌な予感が、形を持って榎本の頭の中に浮かんでくる。

「まあ、私がそんな調子でふらふらしているせいもあるのだろうが、兄のまわりでもいろいろと派閥《はばつ》があってね」

「派閥？」

「そう。地元の後援会内部でも、秘書たちの間でも」

要領を得ない顔の榎本に巽が説明を続けた。

「後継者は兄一人の問題でもないんだよ。一族もそうだし、いろいろとまわりの思惑《おもわく》とか利害が複雑にあってね。つまり私を担《かつ》ごうとしている連中がいるんだが、それがおもしろくない対抗勢力もある。で、その連中が君に目をつけたわけなんだ」

英一朗には実は息子がいた、というのをどこからか聞きつけたらしくてね、と巽が肩をすくめる。

「迷惑な話ですね」

榎本はむっつりと言った。

「しかしその話に、兄も乗り気になった」

ぴくり、と榎本の眉が上がる。

「調べさせたところ、君はすこぶる成績もいい。実際よすぎたかな。これは将来有望だということでね」

意地悪くにやりとした巽に、榎本は舌打ちしたい気分だった。

別に顔も見たことがない父親を喜ばせるために勉強をしているわけじゃないのだ。

友人の真城や志岐《しき》ほどには根性も負けん気も、そして体力もない自分には、彼らがやっているような武道は極められない。だからその代わりに、学力を武器にしようと計算しただけのことだった。

「で、近々君を引きとろう、という話になったんだよ。将来に向けて、英才教育をほどこすなら少しでも早い方がいい、ということでね。本宅には君の部屋も用意されているし、転校の準備も進んでいる」

「ちょっと待ってください！」

すでに決定事項のようなその言葉に、榎本は思わず声を荒らげた。

「そっちの都合を押しつけてるだけじゃないですか！　勝手に決めないでください！」

選別された学校。選別された友達。そして選別された未来――。

冗談ではなかった。

その剣幕に、うーん、と巽は頭をかいた。

「勝手と言われればその通りなんだが、まあ兄も強引な人だからねえ。そうじゃないとやっていけないところもあるんだが」

困ったな、とつぶやきつつも、巽は本当に困っている感じではなかった。どちらかというと、アテが外れた、といった様子だ。

「私としては、まわりの親戚とか、後援会のジジイども……失礼、長老《ちょうろう》たちがいろいろと文句をつけてくるかもしれないが、私は跡を継ぐつもりは毛頭《もうとう》ないし、君を応援したい、というつもりだったんだが」

「お断りします」

きっぱりと言った榎本に、巽が大きく息をつく。

「どうやら君は、実の父親に会ってみたいとは——」

「思いませんね」

男の言葉をひったくるように、榎本は言いきった。

「父親の志《こころざし》を継ごうという気持ちも……」

「あいにく、父親なんて高級なものはいませんから」

ハァ…、ともう一度、巽が嘆息する。コツコツと指先がソファの肘掛《ひじか》けをたたいた。眉間《みけん》に小さくしわがよっている。

「少し、考えるくらいのことはしてくれないかな？　君が兄にいい感情を持っていないことはわかるけどもね。……まあ、今さら、兄も君のお母さんを本当に愛していたんだ、とか言うつもりもないが……」

「ありがたいですね」

眉一つ動かさずに榎本は返した。

そんなメロドラマを持ち出してほしくはなかった。それは、男女のことだからいろんな感情はあったのだろう。母も納得して別れたのかもしれない。グチを聞いたことはなかったから。

だがそれは母とその男のことで、自分には何の関係もない。

「……しかし、君を認知しないことにはそれなりの理由もあったんだよ。その時の状況が許さなかったということもあるし、義姉《あね》への気づかいも、もちろんあっただろうし」

そしてちらり、と榎本の表情をうかがった。

「では別の角度から考えてみてはどうかな？ 今までの…その、恨み、というか、借りを返すという意味から。例えば……」

一呼吸おいてから、男は静かに続けた。

「財産だって相当なものだよ」

「いりません」

ピシャリと一言で榎本は退《しりぞ》けた。

「門真の家に入れば、将来的にもいろいろと利用できる部分があると思うが？」

「犠牲《ぎせい》にするものの方が多いですね」

まったく揺るぎのない返答に、空気が抜けるように巽がため息をついた。

「……いやはや。困ったね。こうなるとは思わなかった」

苦笑いのような表情で首を撫《な》でた男は、

「交渉《こうしょう》決裂か…。仕方がない」

と、小さくつぶやいた。

「さっき私は君の敵じゃない、と言ったが、どうやら状況次第では敵にも味方にも変わりそうだね」

今までと変わらない静かな口調。

しかし何かが違っていた。

いきなり牙《きば》をむかれたような気がした。おとなしい草食動物の皮をかぶっていた肉食獣が、その皮を脱いだような。

「……なぜですか？　どういう状況になろうと、俺はその男の家に行くつもりはありませんから」

出方をうかがうように、榎本はゆっくりと言った。

「君の意思は、はっきり言って関係ないよ」

さらりと、それだけに冷酷な言葉だった。スパッと切りつけられたような鋭さ。

思わず榎本は息を飲む。

「君は未成年だし、やろうと思えば、兄は君の母親と親権《しんけん》を争うことにもなるだろう」

「十五年前に自分の子供を認めなかったのはそっちでしょう！」

思わずカッとして榎本は叫んだ。

「知らなかったとでも、母親の方が黙っていたとでも、何とでも言い逃れはできる。第一、君の母親が同意すれば何の問題もないことだしね」

「そんな……」

榎本は言葉を飲んだ。

「今、君の母親は入院中だね？　心臓を悪くして、しばらく前から入退院をくり返していると聞いている」

淡々と重ねられ、榎本は言葉もなく男をにらんだ。

「そういう状態では、父親が君を引きとるのがさほど難しいとも思えない。それに銀座の店の方も、別の人間に任せているようだが、あまりうまくはいっていないようだし」

榎本はギュッと拳《こぶし》を握りしめた。

店の方の収入があるから生活の心配はない、と母親からは言われていた。入院費についても、榎本自身の生活についても。

中学生が留守宅のマンションで一人暮らし、という状況もあまり歓迎すべきことではないが、榎本は自分の身のまわりのことはすべて自分で処理できたし、母親の見舞いにも週に二度、定期的に通っていた。

収入のことは確かに気になってはいたが、あずかっている通帳には確かに、毎月、定額が振り込まれていたのだ。病院への支払いをしても、十分な額が。

「兄が振り込んでいるんだよ」

静かに言われて榎本は大きく目を見張った。

「毎月五十万。まあ、それで足がついたというか、君の存在が秘書に知れたんだけどね」

呆然《ぼうぜん》としたままの榎本を、男は穏やかに見つめて続けた。

「君の母親はずっと援助を断っていたそうだが、さすがに身体を悪くするとね…。そうも言っていられなくなったんだろう」

必要以上のことは何も言わなかった。だがそれで十分なのだ。

つまり。

「……脅《おど》しですか？」

小さく震えながら、ようやく榎本はつぶやいた。

門真の家に来なければ援助を断つ、という。

巽が軽く肩をすくめた。

言質《げんち》をとられないように言葉にしないのはさすがだ。

「お母さんと相談して突っ張ってみることもできるだろう。だが君に、母親の入院費も払えないような状況が耐えられるかな」

榎本は血がにじむほど唇をかみ、男をにらんだ。

文字通り、母一人子一人だった。

気丈《きじょう》で、いつも明るい母だったが、発病してからは息子の未来をずっと心配していた。その男から話があれば、自分を引き渡すことも考えるかもしれない。

榎本は唇をなめて、大きく息をついた。

「あなたが……あなたが跡を継いでくれれば、何も問題はないんでしょう？」

そう、この男さえ折れてくれれば、今まで通りの生活ができるのだ。

「まぁ…、兄はどちらでもいいと考えているようだが」

「その男はあなたを可愛がってくれたんでしょう？　だったらあなたが恩返しすればいいじゃないですか」

いらいらと榎本は言った。

堂々めぐりをしているのはわかっていた。彼はやる気がない、と言っているのだから。

「兄には確かによく面倒を見てもらったし、私も兄のことは尊敬しているんだけどね」

ちらり、と榎本を見て、

「まあ、私生活ではいろいろとあるにせよ」

と、つけ足した。

「だがそれとこれとは別問題だよ。私にも自分のやりたいことがあるわけだし」

申し訳ないね、と巽が小さく笑った。

「君には何の恨みもないんだが、私もまだ若いんでね。自分の将来を捨てる気にはなれないな」

「あなたはそれでいいかもしれませんが、俺はどうなるんです？　中学生の未来を押しつぶして後味が悪くはないですか？」

「何も未来を夢見るのは若者の専売特許じゃないだろう？　私にも私なりの将来設計があるわけだし」

男はすかして言った。

「君のために私が自分の将来を犠牲にして、生き方を変えなければならないというのも理屈に合わないはずだ」

「それが政治家の家に生まれたあなたの責任なんじゃないですか?」

榎本は必死に食い下がった。

「その言葉はそっくりそのまま君に返そう。君が門真英一朗の息子であるという事実は、君が否定しようと消えるわけじゃない。誰しも望んだところに生まれてくるわけじゃないからね。君にしても、私にしても」

榎本は思わず黙りこんだ。

それは、この男の言う通りだった。

自分の望まない状況ならば、自分でふり払うしかない。自分で打開するしかない。

結局、その力があるかないかだ。生まれた環境を嘆いても、何のプラスにもならないのだから。

正念場《しょうねんば》。戦い、だった。

自分にしても、そしてこの男にしても、この先何十年の人生——あるいは一生、に関わることだ。

しばらくじっと、二人はにらみ合った。

「環境のせいかな…、君はずいぶんおとなびている」

やがて、巽が静かに口を開いた。

「こうして話していても楽しいし、飽きない。君が門真の家に来てくれれば、私としては実家に帰る楽しみができてありがたいんだが」

榎本にとってみれば、今の自分たちの会話が楽しい話題とはとても思えない、という気がするのだが。

「実の甥《おい》としても、そうじゃなくても、私は君のことがとても気に入ったよ」

「可愛げのないところがですか?」

皮肉に榎本は唇をゆがめた。

昔からそうだった。年にしてはずいぶんと冷めた子供だった榎本は、可愛い子ね、と言われた覚えがない。

「だったらここは、あなたが譲歩《じょうほ》してくれてもいいんじゃないですか?」

「いやいや、そこが人間心理の複雑なところでね」

と言って、巽が口元で笑った。

心理学者でもないくせに…、と榎本は内心で憮然《ぶぜん》とする。

「君と話していると妙にわくわくするし、そうだな…、ある種、ディベートをする快感に似た感じかな。——鼻っ柱をへし折って泣かせてやりたい気にさせられる」

榎本はわずか顔をしかめ、冷ややかに男を見た。

「いい趣味じゃありませんね」

他人の前で泣いたことなど一度もない。そんな負けを認めるような立場に追いこまれたことは、今までに一度もなかった。

「確かにね」

と、巽が苦笑してそれを認める。

榎本は大きく息をついた。

このままでは、いつまでたっても話は平行線だった。

「……帰っていいですか？」

そう言って榎本は立ち上がった。

どう脅されても、自分は絶対に行くつもりはない、という意思表示だった。

しかし。

どうぞ、というように、巽は軽くドアの方へ手を向けた。

駆け引き、だった。

この男が跡を継いでくれないと自分としては非常にまずいことになる。そして、自分が門真の家に行かないと、この男としてもめんどくさいことになる。

だがあとから考えると、これほど不利な勝負もなかったはずだ。

相手は自分よりひとまわりも年上の、人生経験もあるずるがしこい男なのだ。政治家の家系なら、腹芸《はらげい》も得意だろう。

さらに、もし榎本がここで突っ張っても、実際問題としてこの男は何の痛みも感じないのだ。すでに成人して、生活基盤もしっかりとある男だ。まわりに何と言われても、それこそ外国へでも逃げてしまえばそれですむ。

だが今の自分にそんな力はない。ましてや、母をおいて逃げ出すこともできない。

リビングのドアに手をかけたところで、ため息をついて榎本はふり返った。

「……どうすればいいんです？」

そう尋ねたところで、榎本はまたしても自分の不利を悟った。

相手に折れてもらうために、自分が提示できる条件など一つもないのだ。切ることのできる手持ちのカードは、一枚もない。

自分の無力さを痛感する。自分の年齢にいらだってしまう。

何か絶望的な思いが、身体の中をひたしていった。

――どうしようもないね、と。

そんな男の言葉が聞こえるようだった。

しかし、巽はすぐには返事をしなかった。腕を組んだまま、何かじっと考えこんでいる。

榎本はわずか首をかしげたが、何も言わず、ただ男を見つめた。

やがて、じわりと押し出すように彼が口を開いた。

「……結局、どちらかしかないわけだ。兄の後継に、君がなるか私がなるか」

「俺はどんなことがあっても絶対に、なりません」

言いきった榎本に、うっすらと巽が笑った。妙に楽しげに。

「そうだね。選ぶのは国民だ。わざと選挙に負けるような発言、行動をすれば政治家になる必要はない」

そして続けた。

「言葉を変えよう。今、君が門真の家に来るか、来なくてすむか、という問題だ。つまりそれは、私が兄の跡を継ぐ意思があるかどうか、という一点にかかっている」

その通りだった。

「……だから？」

榎本は息を殺すようにして、続くはずの男の言葉を待った。

が、巽はそれには答えず、ふいに立ち上がって、後ろのキャビネットからカットグラスとウィスキーの瓶をとり出した。

グラスに三分の一くらい注いだ酒を、チェストに腰をあずけたまま、一気に空ける。

ふぅ…、と深い息を吐き出すのに、榎本は眉をひそめた。

「真っ昼間から酒ですか？」

それに巽が小さく笑った。

「勢いがいるんだよ。自分でもバカなことを言おうとしているんだからね」

「バカなこと？」

「これでも将来設計はきっちりと立てていてね。続けたい研究もあるし、小さい頃から政治家にだけはならないでおこう、とずっと思っていた」

彼の言いたいことがわからなくて、榎本は怪訝《けげん》に首をかしげた。

巽が、頭を冷やそうとでもするように、グラスを額に押しあてる。

「アメリカの大学にはもう申請《しんせい》を出しているし、許可も受けている。暮らすアパートもすでに手配済みだ」

何か自分に言い聞かせるような口調だった。

しかし榎本にしてみれば、だから何なんだ？　という感じだ。

「その苦労も、今までの研究生活で積み重ねてきた努力も実績も全部捨てて自分の人生を変える決心なんだから、酒一杯くらいの勢いは許してほしいね」

なかばため息をつくように言われたその言葉に、榎本はハッとした。無意識に身体を固くしていた。

そのまま、何十秒かが過ぎた。

息を一つついて、巽が顔を上げる。

まっすぐに榎本を見た。

「私が……譲歩してもいい」

「本気ですか……？」

思わずそんな言葉がもれていた。

「条件がある」

静かに巽が続けた。

当然だろう。

「何ですか？」

榎本が尋ねて、しかし巽はすぐには口を開かなかった。

しばらくじっと、考えているようだった。

いや、まだ迷っている——のか。

榎本は黙って待った。ここでせかすことが上策とは思えなかった。

やがて巽が、空《から》になったグラスをコトリ…、とチェストの上においた。

そして言った。

「君が私のものになれば」

一瞬、榎本は混乱した。意味がわからなかった。

「……つまり？」

しかしそう口に出す頃には、ようやくその言葉が内容をもって頭の中に入ってきた。

「君が私の言いなりになる、ということかな。……身体も含めて」

淡々と巽が説明した。

榎本はゴクリと唾《つば》を飲み下す。素早く頭の中で計算をめぐらせた。

そして乾いた唇をいったん湿してから、口を開いた。

「それは欲張りすぎじゃないですか？」

我《われ》ながら落ち着いた声だった。正直、言われた内容に驚いてもいたが。

しかしこの男の前でとり乱した様子を見せたくない、という意地みたいなものがあった。素直に従うのもしゃくにさわる。

「それじゃ、あなたの奴隷《どれい》になるか、あなたの兄の奴隷になるかというだけの違いだ」

「……まあ、確かにそうだね」

巽が苦笑する。そして目を細めて、楽しげに榎本を見た。

「君はなかなか交渉がうまい」

そう評して、顎に手をあてるとちょっと考えた。

「では、月に一日。君を私の自由にする、というのは？」

月に一日――。

榎本は考えこんだ。

「一年のうちの十二日間。十年で百二十日。三十年だと三百六十日。三十年間で、ほぼ一年の計算だな。長いか短いかは君が判断することだが」

丁寧《ていねい》に巽が計算してくれる。

「もっとも二十四時間というのは無理だろうから、せいぜい半日だろう。すると実質的にはその半分かな。……なんだか自分でも太っ腹な気がしてきたね」

なかばおどけたように巽が続けた。

そして静かに言った。

「私の譲歩はここまでだ。どちらでもかまわない。君が選びなさい」

彼の言う言葉の意味はわかった。

しかし、わからなかった。

「どうして……？」

と、榎本はかすれた声でつぶやいていた。

「あなたのこの先何十年の人生を変えてまで、俺を抱くことに何か価値があるんですか？」

まっすぐに男を見て尋ねる。

うーん…、とうなって、巽が腕を組んだ。

「そう聞かれると困るな。自分でもバカなことを言っている自覚はあるんだからね」

そしてわずか首を傾けて、ポツリとつぶやいた。

「まぁ、衝動買いみたいなもんかな」

「衝動買い？」

思ってもみなかった言葉に、思わず榎本はくり返した。

「そう。今、この瞬間、どうしても君が欲しくなった」

そう言って、巽が小さく微笑んだ。

何か苦笑するような、自分であきれてでもいるような、そんな笑みだった。

「衝動買いはあとになって失敗した、と思うケースがほとんどですよ？」

「そうだね…。もしこれ以上、君を抱いてもつまらないと思うようになったら、その時は解放してあげるよ。だらだらと引きずったりせずに」

「……そう言われると、喜んでいいのかどうか迷いますけど」

榎本はつぶやいて、そしてその巽の提案をじっと考えた。

提案、というか、条件だろうか。

安いのか、高いのか。

だが——事実上、榎本には選択肢がないのも確かだった。

「不道徳だと思いませんか？　実の甥を……抱くんですよ？」

男女でさえ、結婚の認められない血のつながりだ。榎本がそれを認めようが認めまいが、歴然としてその事実はある。

しかし巽は肩をすくめてあっさりと言った。

「政治家なんてこれ以上不道徳きわまりない仕事につこうというんだ。そのくらいの役得《やくとく》がなくてはね」

どうやらこの男は本気らしい——、と、ようやく榎本も腹がすわった気がした。

男に抱かれる、ということに、それほどの抵抗はなかった。抱くにしても抱かれるにしても。

中三といえば、セックスが一番の関心事、というくらいの年代なのかもしれない。が、榎本には正直、それどころではない、という日常だったのだ。

母のこと。そして父親という庇護《ひご》がもともとなかった榎本には、将来のために今自分のするべきこと、というものを常に第一に考えていたから。

セックスなど二次的な興味でしかなかった。

月に一度なら、案外、いいガス抜きになるのかもしれないな、とぼんやり思う。

ある意味、屈辱《くつじょく》的なことなのかもしれない。だがこれが交換条件ならば、対等の立場だった。

「……いいでしょう」

と、静かに榎本は答えた。

一瞬、巽の方が息をつめたようだった。

そう答えるとは思っていなかったように。

それでも彼は、ゆっくりとうなずいた。そして言った。

「今日から」

「いいですよ」

決めた以上、いつからでも同じだ。

いや、むしろヘタに引き延ばして、考え直される方が恐かった。

なにせ自分は、衝動買い、されたのだ。

クーリング・オフをされる前に。返品される前に。その気になっている時が勝負だろう。

巽がリビングの奥のドアを一つ、開いた。むこうは寝室のようだ。

その眼差しにうながされて、榎本はゆっくりと歩いていった。

男の前を通り過ぎる時、ふいにドキリとした。

今からこの男に抱かれるのだ、と。

男への恐怖、というよりも、未知のものへの不安だったのだろう。

処女みたいだな、と自分でおかしくなる。

パタン、とドアの閉まる軽い音に、ビクッと背筋が震えた。

十二畳《じょう》ほどだろうか。真ん中にセミダブルのベッド。丸い大理石風のサイドテーブル。壁の一つがウォークインのクローゼットになっている。白が基調になった、シンプルでしゃれた造りだ。

榎本はそっと息を吸いこんで、ベッドの脇に立った。

「君は……男と寝たことがあるのか？」

言いながら、巽が榎本の喉元《のどもと》に手をかけた。

顔にあたる強い視線を感じる。表情の一つ一つが確かめられているように。

器用な指先が、白のカッターのボタンを外していく。

「あるわけないでしょう」

されるままになりながら、榎本は静かに答えた。

「それにしては落ち着いているね」

言われて、そう見えたとしたらうれしい、と思う。

「おびえてみせる方がお好みですか？」

わずか首を傾けて、尋ねてみる。彼の言う通りに、というのが条件だ。

「いや。君らしくて実にいい感じだ」

しかし巽は、ふわりと微笑んだ。

とたん、ザッ…と胸が騒ぐ。何か別の生き物が身体の中でうごめき始めたようだった。

――自分らしくていい……。

そんなふうに言われたことはなかったから。

誉められるにしても、よく勉強ができるね、とか、しっかりしているね、とか。そんなふうな賛辞でしかなかった。

カッターの裾《すそ》が黒の学生ズボンから引き出され、肩から落とされる。

男の指先が直《じか》に肌に触れ、確かめるように胸をすべる。思わず飛び出しそうになった声を、榎本はようやく喉元で押しとどめた。

ベルトが外される。金属のあたるとがった音が耳を刺す。

榎本は息を吸いこんで、目を閉じた。

耳元で、含み笑いのような男の声がする。

「君がベッドの上でどんな泣き顔を見せてくれるのか、楽しみだ」
その言葉に、榎本は一瞬、絶句した。
「……本当に悪趣味だ」
ようやくしぶい顔でそう吐き出す。
くすくすと巽が笑った。
優しい指先が、さらりと榎本の髪を撫でた。
そして、静かな声で尋ねてくる。
「まだ……今なら間に合うよ？　キャンセルしてもいい」
まるでそうすることを望んでいるような……、まだ彼自身、迷っているような。
榎本はじっと男を見上げて、そして首をふった。
巽が、小さくため息をつく。
知らないよ？　と。
そうささやくような声がする。
選択の余地のない条件を突きつけたのは自分のくせに。
男の手が顎にかかり、そっと親指が唇を撫でた。
軽く上向かされる。
温かい唇が、ゆっくりと落ちてきた――。

※　　　　　　※

「箱根《はこね》にゴルフぅぅぅ〜〜〜っ？」

ユカリが呆然とした様子で叫んだ。

榎本がこの日招集《しょうしゅう》をかけたのは、志岐と真城——のはずだったのだが、なぜかこの部屋には六人の男が顔をそろえていた。

ユカリは志岐にくっついてきたオマケで、律はもともと秘書室にいるのだが、こうしてメンバーが集まった時にはお茶出しをしてくれている。

そして延清《のぶきよ》までいたのは、たまたまだが、ちょうど午後のトレーニングを終え、最近の日課になっているらしく、律のいる秘書室でカウチソファに転がって本を読んでいたのだ。……なんでわざわざそこで、とは思うのだが。

だがちょうどよかった、とも言える。

「げーっ、マジ、オヤジくせーっっ」

おおげさに顔をしかめて言ったユカリの、そのまったく素直な、異論をはさむ余地もない感想に、思わず榎本は黙りこんだ。

現在四十六歳の門真巽は、確かにいいオヤジではある。しかし客観的に見ても、その知的で落ち着いた物腰は十分、俳優並に騒がれてはいるのだが。

打ち合わせで、一泊の旅行、と巽は言った。行き先はどこでもいい、と。

そしてつけるガードの条件はただ一つ。

榎本が信用できる人間であること。

人数は何人でもよい。

もちろん、榎本は「エスコート」にいるすべてのガードを信用している。ただ、今回の依頼はつまり――二人の関係が知られてもかまわない人間であること、という意味だ。

同級生だった真城と志岐は、ずっと昔から榎本と巽の関係を知っていた。だから旅行には、この二人の身体が空いている日を選んだ。

もちろん、トップ・ガードが二人がかりで護衛《ごえい》しなければならないような依頼ではない。が、どうせ金を払うのは巽だし、規定の料金で楽な仕事ならそれにこしたことはないわけだ。

「セージカってホント、ゴルフ好きだよな～。もちょっと他にすることがあるだろうにさぁ……。国会では居眠りぶっこいてるくせにさぁ……」

ぶつぶつと文句をたれる二十一歳のユカリは、もちろん選挙権もあり、昨今の政治に無関心な若者の中にあって日本の未来を憂《うれ》えているらしく、それはまったく喜ばしい限りではある。

が、さすがに横の志岐が居心地悪そうにしぶい顔をした。耳の下を指先でかきながら、ちらり、と榎本の表情をうかがってくる。

真城が笑いをかみ殺し、そのかみ合わない雰囲気に律がきょとんとしている。

「……いや、まあ、今回は仕事というほど堅苦しく考えなくてもいい」

榎本は咳払《せきばら》いを一つして、あえて平静な顔で先を続けた。

「秘書も連れないお忍《しの》びの旅行だそうだからね」

「げっ。政治家のお忍び旅行なんて、どうせ愛人とコッソリ逢《あ》い引きしよーとかいうんじゃないのぉ？　ばっかばかしぃ…。なんでそんなスケベオヤジのガードなんかしなきゃいけないいんだよ」

まったく通俗的かつ偏見に満ちた意見だが、まさしくその通りなのである。ぐぅの音《ね》も出ない。

「ユカリ。政治家もいろいろだ。そう十把《じっぱ》一からげに論じるもんじゃない」

さすがに気をつかったらしく、志岐がたしなめる。

「んじゃ、その人は政治家のくせに品行方正で公明正大な人なワケ？」

まともにそう聞かれて、さすがにうっ、と志岐が返事につまる。

中学生の、しかも実の甥に手を出す人間が果たして品行方正かどうかは、大いに議論の余地があるところだろう。

「……別におまえはついてこなくてもいいんだぞ？」

オマケのくせに…、と内心でつぶやきながら、榎本はむっつり言った。

「えっ、行くよーっ！　行く行くっ。だって、温泉、あるんだろ？」

現金にもユカリが叫んだ。まあ、志岐と真城が行くのに、自分だけおいてけぼりにされるのが我慢できるはずはない。

そうでなくとも外国暮らしの長かったユカリは、温泉とか神社仏閣とか、日本的な場所へ行きたがるのだ。

ため息をついて、榎本は律をふり返った。

「律もついてこられるかな？　平日だから大学の方は休むことになるけどね」

突然話をふられて、えっ、と律が目を丸くする。

「いいんですか？」

「ああ。マスコミとかその他、人目のないところでのんびりしたいということで、今回は依頼人の名前は表には出さない。うちの慰安《いあん》旅行、という名目で宿をとることになるから」

だから、ある程度の人数はあった方がいいのだ。

「張りついてガードが必要な状況じゃないから、実際に慰安旅行を兼ねてのんびりしてもらおうかと思ってね。律にはふだん、いそがしい思いもさせているし」

「でも…、僕、ガードじゃないのに？」

「大丈夫だよ。私も行くから」

「えっ!?　オーナーもっ？」

横からユカリが口をはさむ。

榎本はそれににやりと笑った。

「ちょうどいい。ユカリの勤務評定をしてやろう」

意地悪く言うと、ゲゲゲッ、とユカリが身を引いた。

しかしすぐに気をとり直したらしく、律に行こうよー、と誘っている。

「えっと…、でも」

ちらり、と律が黙ってすわったままの延清を横目に見た。

どう考えてもこれは延清向きの仕事ではないし、通常なら受けるとは思えない。そして延清が腰を上げなければ、律も残るだろう。

延清がわずか顎を上げて律を眺めた。

「行きたいのか？」

冷ややかと思えるほどの口調。普通の人間なら、とんでもありませんっ、と反射的に返事をしてしまいそうな。

しかし律には慣れた物言いだった。

「ちょっと行きたい……かな？　僕、旅行ってあんまりしたことないし。温泉も初めてだし」

はにかむように微笑んだ律に、ふん、と鼻を鳴らすようにして、延清が榎本にうなずいてみせた。

ＯＫという意味だ。

延清はむろん、榎本と今回の依頼人の関係を知らないわけだが、彼は職務上の守秘《しゅひ》義務という以前に、榎本の愛人にもその男の立場にも興味はないだろう。律については、口が固いことは榎本自身、信用している。

一番問題なのはユカリだろうが、これは志岐にシメておいてもらうしかない。

「ではよろしく。あ、志岐と真城はゴルフにつきあってもらうからな」

と、榎本のその言葉を合図に解散になった。

ぞろぞろと男たちが席を立つ中、ちらりと真城がよこした視線の意味を察して榎本はあとに残った。

律がカップを片づけていくのに、二人は飲んでから片づけておくよ、と断る。律も二人で何か話があるのだろうと気づいたようで、じゃお願いします、とだけ言って部屋を出た。

「どういうことなんだ?」

と、前触れもなく真城が尋ねてきた。

「さあな」

と、榎本もそれに答える。

「門真さんがおまえを誘って旅行だなんて、ずいぶんめずらしいんじゃないのか?」

「俺の知ってる限り、初めてだな」

とぼけたような榎本の答えに、真城が嘆息する。そしてうかがうように言った。

「……二人だけの方がよかったんじゃないのか?」

榎本はちょっと黙りこんだ。

正直、巽と二人で旅行などというシチュエーションは、想像したことがなかった。そんな関係ではない、という前提があったし、月に一日だけ会うという条件下では、泊まりの旅行などあり得ないことだったから。

何か落ち着かない、妙にかみ合わない感覚。

榎本は空になったカップを指先でもてあそんだ。

「カレシと二人きりで旅行だなんて初めてだもの。アタシ、恐いの。だから親友のヒデミについてきてほしいのよっ、……って心境かな」

「おまえな……」

うるうるした瞳を作って裏声で言ってみせた榎本に、真城がこめかみを押さえながらうめいた。

「まあ、時期が時期だ。マスコミにも追いまわされているようだしな」

言って、榎本は肩をすくめる。

総裁選の告示直前の時期だった。むろん巽が立候補するわけではないが、大荒れが予想される今度の選挙で、若手のまとめ役であり、派閥を越えた議員たちとの交流も多い巽の言動は、何かと注目されるようになっていた。

つまり、彼がどこにつくかで議員票がかなり動く、ということだ。

「だったらまた、どうしてこんな時期を選んであの人は……？」

自分につぶやくように言って、真城が考えこんだ。

それは榎本自身、疑問に思っていたことだった。

十七年間、自分と巽との関係は変わらず、続いてきた。

月に一度。その間隔《スタンス》を守って。

ずっと、永遠にそれが続くと思っていたわけではない。頭では理解していたはずだった。

だが十七年という長い時間の中で、いつの間にかそんな気になっていたのだろう。

何かが、変わる――……。

そんな漠然とした予感を、榎本は覚えていた。

◇

◇

五日《フィフス》。

毎月その日が、巽と会う一日だった。

最初に会ったのが九月五日だったから。

では来月からもこの日にしようか、ということになったのだ。

榎本が巽のマンションを訪れる、という形だった。

むろん、平日の時もあれば休みの時もある。訪れる時間はバラバラだったが、とにかく来られる一番早い時間に、というとり決めだった。いくらでもごまかせるのだから、これは榎本の良心に任されるわけだが。

だが榎本は、彼と過ごす一日が嫌なわけではなかった。彼との、おたがいに駆け引きするような会話は楽しかったし、セックスも——よかった。

相性がよかったのか、単に巽に一から教えられたせいなのか、榎本にはわからなかったけれど。

平日なら授業が終わってから。休みの日は朝食を終えてから、榎本はマンションへ向かっていた。試験中であろうと、他のどんな行事が入っていようと、それは変わらなかった。

それは留学していた時も、だ。

大学に在学中、そして卒業したあとも、榎本は長くて一年、短くて三カ月という感じで数カ国に滞在していた。

だが毎月五日には、とんぼ返りになろうとも、必ず帰国した。……それはほとんど、意地のようなものだったが。

巽は苦笑して、旅費を持とう、と言ってくれたのだが、榎本はそれを断っていた。留学したのは自分の都合だったから。それに海外で手配すれば、チケットもそれほど高くはない。

どのくらいたってからか、巽のマンションの合い鍵《スペア》も渡されていたが、榎本がそれを使う機会はなかった。

必ず、彼は部屋にいたのだ。

毎月、五日――。

それ以外の日に会ったことは、この十七年の間にたった一度しかない。

高校二年の三月。

冬が舞いもどったような寒い夜だった。雨が降っていた。

自分でもわからないまま、気がつけば榎本は彼のマンションのドアをたたいていた。

夜の九時をまわっていただろうか。

何気なくドアを開けた巽は、ずぶ濡《ぬ》れの榎本の姿に大きく目を見張った。

「和佐……?」

「すみません…、突然に」

榎本はようやくそう言った。

彼の顔を見た瞬間、何か、全身から力が抜けてくずれ落ちそうだった。

が、それでも、それに気づいた。

玄関口にはいつになくたくさんの靴が並んでいる。そして部屋の奥からは何人もの男の声が戸口まで届いていた。

どうやら若手が集まって勉強会のようなものをしていたらしい。

巽が参議院議員になったのは、前年の夏のことだった。まだ兄も現職だったし、まずは参議院で出たようだ。

「ああ…、すみません。来客中だったんですね……」

「いや、かまわない」

強い調子で、巽は言った。

反射的に一歩後ろへ下がった榎本の腕が、ものすごい力で引きよせられた。

「入りなさい」

床が濡れるのもかまわず、巽は榎本を部屋に上げた。

「門真センセーっ、こんな時間に客ですかぁ？　女じゃないでしょうねぇ？」

「まずいですよー、スキャンダルは」

議員にしても遠慮のない若い連中の集まりらしく、リビングあたりから陽気な声が上がって、どっと笑い声が弾けた。

しかしそれを無視して、巽は榎本をバスルームへ入れた。

「とにかくシャワーを浴びなさい。いいね」

されるままになりながら、それでもぼんやりと立ったままの榎本に、巽は蛇口《じゃぐち》をひねってバスタブに湯を張り、榎本のジャケットを脱がせた。

「しっかりしなさい」

少しきつめの声でそう言って、榎本の顔を両手ではさむ。

そして、そのままキスをした。

「ん…」

凍《こご》えきった唇に触れたその熱に、口の中にすべりこんできたやわらかい感触に、榎本は反射的に腕を伸ばした。

男の肩にしがみつき、与えられた熱に身体をあずける。

息が苦しくなるくらい必死に唇を求めて、離れた時にようやく思考がもどっていた。

「服が……、すみません」

濡れたまま抱きついてしまったので、巽のシャツもびしょびしょになっていた。

「いや、それはいいが…。——大丈夫か？　身体をちゃんと温められるね？」

心配げに聞かれて、ええ…、と榎本はうなずいた。

あまり感じていなかった寒さが、ようやく身体によみがえる。

大丈夫です、と答えると、巽はいったんバスルームを出た。

ドアが閉じる寸前、誰ですか？　という誰かの問いに、甥だよ、と答えているのが耳に入った。

そう…、ある意味、言い訳の必要がない関係だったのだ。

そして榎本が湯に浸《つ》かっている間に、巽は客を帰したらしい。どやどやとした足音が、バスルームのドアの前を通り過ぎるのが聞こえた。

十分ほどしてからノックがして、温まったら出てきなさい、と声がかかる。

着替えをおくような関係ではなかったし、それほどの頻度《ひんど》でもなかったから、巽のものだろう。榎本には少し大きめのシャツとだぼだぼの綿のパンツが用意されていた。

それを着て、髪を乾かしたタオルを肩にかけたまま、榎本はリビングへ入った。

ソファにすわると、巽が用意していたらしいホットミルクを出してくれる。

子供扱いされているようだったが、榎本は素直にそれを受けとった。

少し砂糖が入ってるらしく、ほのかな甘さが身体に沁みていった。

「……どうしたの？」

静かに巽が尋ねてくる。

穏やかな、耳に優しい声だった。

「母が……死んだんです」

淡々と榎本は答えていた。

「佐和子《さわこ》さんが…？　そうか……」

驚いたように目を見張った巽は、小さくため息をついた。

ずっと入退院をくり返していた母だったが、二カ月くらい前からまた容態《ようだい》が悪くなり、病院に入っていた。

今度はあぶない、と榎本も医師から告げられていたから、覚悟はあった。だが実際に母の死に顔を見た時の衝撃は大きかった。

　何も考えられなくなっていた。

　病院からそのまま、榎本はここに来ていたのだ。

「葬式《そうしき》の準備は大丈夫なのかい？」

　それに榎本は首をふった。

「しません。銀座の店、一晩貸し切りみたいな形で、女の子たちと母を知ってる常連さんたちに偲《しの》んでもらおうかと思ってますけど」

　病院まで来てくれていた店の女性と、そんな話をしたことは覚えていた。

「お寺は？　墓の準備はいるだろう」

　言われて、ああ…、と榎本は肩から息を吐き出した。

　そんなところまで気がまわらなかった。だが、どこでどうやって墓など用意したらいいのか、榎本には見当がつかなかった。墓石はともかく、墓地となると。

「私の方で手配しようか？」

　尋ねられて、榎本はうなずいた。

「……お願いします。母の親族って、俺、知らないから」

　そしてふっと顔を上げた。

「あなたのお兄さんに、送金はやめてくれと伝えてください」

そう。これを言っておかなければならなかった。

月々の振り込みはずっと続いていた。だがそれは、母へのものだと、榎本は受け止めていた。

巽がわずか眉をよせた。

「生活は大丈夫なのか？」

「マンションは分譲《ぶんじょう》だし。母の生命保険もあるし。銀座の店を売れば、生活には困らないと思いますから。大学に行くくらいはできるでしょう」

そうか…、と巽が小さくつぶやいた。

そしてゆっくりと、言い聞かせるように榎本に言った。

「君はしっかりしている。一人でも暮らしていけるだろう。だが、社会的にはまだ保護者の必要な年だよ。保護者や保証人の必要な時には私の名前を出しなさい。いいね？」

はい、と榎本は答えていた。

誰かの厚意を、初めて受け入れた。

自分の力の限界も、この男に頼る心地よさも感じていた。

この日、セックスはしなかった。

ただ一晩中、巽は自分を抱いていてくれた。

優しく、ずっと髪を撫でて、背中をあやして。

その腕の中で、榎本は声を殺して泣いた。

病院でも泣かなかった。納棺《のうかん》の時も、遺体が荼毘《だび》にふされる時も。

この時だけだった。

巽は何も言わなかったし、目に見えるところで何かをしてくれたこともなかった。

だが、榎本に知られないようにいろいろと手をまわしていたようだった。

母の店を売った時もそうだったのだろう。

「ママの思い出もあるとこだし。私が買って続けたいんだけど、とてもそんなお金はないしね」

と、さびしげに言っていた店のホステスが一週間ほどして榎本を訪ねてきて、信じられないほど破格の値段で権利を買ってくれた。

融資《ゆうし》してくれる人がいたから、とだけ彼女は言った。それが誰かはあえて聞かなかったが、想像はできた。

おそらくは、「エスコート」を興《おこ》した時も。

初めは小さな事務所だったのだが、榎本のような若造に、金融機関はどこも太っ腹に資金を提供してくれた。誰か有力な人間の口添えがなければ、到底考えられないことだ。

榎本はそれを問いただすことはしなかった。

ただ会社を大きくして、一刻も早く、その負債《ふさい》を返却することを考えた。

幸《さいわ》い「エスコート」の顧客の中には、生前何度か命を助け、親しくつきあって、遺言《ゆいごん》で財産の一部を残してくれるような者もいて、事業は順調に軌道に乗っていった。

高校を卒業し、大学を卒業し。自ら会社を興して。

そして巽の方も、十年ほど前に衆議院の方へ転向した。

兄の英一朗が、何かの問題の責任をとって議員を辞職したあとを受けてのことだった。内臓も悪くしていたらしく、榎本には意外なほど、英一朗は素早く政界から身を引いた。

まわりの環境はどんどんと変わっていった。

それでも、月に一度、榎本が巽のマンションを訪れるというとり決めは変わらなかった。

衆院に移った時、巽は本家へもどるんじゃないかと思ったが、むしろ、マンションを完全なプライベートに切り替えたようだった。仕事関係の会見や話は、事務所か門真の本家ですませる、という感じに。

十五歳の日に初めて抱かれて。それから月に一度だけ、会って。

少しずつ、馴染んでいった。

身体も……そして、心も。

十七年――。

その間、榎本に女とつきあった時期がないとは言わない。そう長く続いたことはなかったが。

同様に、巽にそういう相手がいなかったとも思わない。

それでも自分たちの関係は変わらなかった。

心地よい関係だった。少なくとも、榎本にとっては。……巽にとってどうなのかはわからなかったが。

だがむしろ、今まで続いていた方が不思議なのかもしれない。

巽の政界での発言力、その立場は、年々、大きくなっていた。マスコミへの露出も多い。十年後の総理総裁、という言葉もささやかれるようになっていた。

そろそろ危険な時期だ。これ以上は。

榎本自身、それを強く感じていた。

今回、巽が切り出したこの旅行は、そういう意味ではないのか、と。

別れ話、などと通俗的な言い方はしたくなかった。

ジタバタするつもりはなかったし、する必要もない。

榎本自身、すでに巽の援助がいる状況ではなかった。

――君を抱いてもつまらないと思うようになったら、その時は解放してあげるよ――

と、あの日、巽は言った。

そう、常に選択権は彼にあった。

自分がとやかく言うことではない。

ただ、それを受け入れるだけだった――。

◇

◇

当日、真城の運転する車で、榎本がマンションまで巽を迎えに行った。

志岐とユカリが別の一台で同行する。

マイペースな延清と律の二人は先行させた。先にホテルに入って、一応館内と部屋のチェック、そしてゴルフ場のチェックもしてもらう。

形式ばかりのガードとはいえ、仕事として報酬《ほうしゅう》をもらうのだ。手を抜くわけにはいかなかった。

地下の駐車場で、真城を留守番に、志岐とユカリと三人で部屋まで行く。

こうして誰かと連れ立って巽の部屋を訪ねるのは初めてだった。

ふっと違和感を覚える。

出る前に連絡してあったので、チャイムを鳴らすとすぐにドアは開いた。

「やる気十分ですね」

ポロシャツにチノパンという巽の姿に、榎本が目を見開いた。

「ひさしぶりだからね。腕が鳴る、という感じかな」

それに笑って巽が受け答える。

それでもスーツバッグを用意しているところを見ると、帰りは着替えていくつもりなのだろう。

「巽さんのゴルフウェア姿というのも、初めて見ましたよ」

榎本は腕を組んで、巽の頭のてっぺんから足先まで眺めまわした。

腹の出た脂《あぶら》ギッシュなオヤジと違い、スマートによく似合っている。白いものが混じり始めた頭は、彼を年以上に落ち着いて見せ、一段とロマンスグレーのしぶみを増していた。もっとも巽自身は、若白髪だ、と言い張っていたが。

「……タツミさん？」

しかしその横でユカリが妙な声でうめいた。

門真さん、と呼ぶのは妙に堅苦しく、その兄と区別がつかないのが、榎本は嫌だった。

叔父さん、と呼ばれるのは、巽が嫌がった。榎本にしても、父親を認めていない以上、叔父と呼ぶ気もしない。結局、名前で呼ぶのが定着していたのだ。

「ああ、言ってなかったかな？」

と、榎本はとぼけた。

「こちらは非公認ながら、私の叔父にあたる人でね」

「――叔父っ!?」

今までの失言の数々を思い出したのだろう。

どひ――っ、とユカリは両手で頭を抱えて飛び上がった。

「志岐は知ってましたっけ？」

それにかまわず、榎本は巽に向き直った。

「一度、会ったかな」

巽の会釈《えしゃく》に、志岐も頭を下げる。

「で、こっちが浅生《あそう》ユカリです。まだ新人に毛が生えたようなもんなんで、いろいろといたらないところはあるかと思いますが。こいつの分は料金にチャージしませんから、ま、オマケだと思ってください」

榎本が言いたい放題にユカリを紹介した。

一瞬、む、という顔をしたユカリだったが、よろしくお願いします、と首を縮めるようにして挨拶した。

ちろちろと上目づかいに眺めているのは、オーナーの叔父で政治家という立場の男を、ユカリなりに値踏みしているのだろう。

結構、いい男？　とコソッと志岐にささやいている。

ユカリにゴルフバッグを担がせ、地下の駐車場まで降りていく。

車にもたれて待っていた真城が彼らを認めて、そして、おひさしぶりです、と巽に挨拶した。

真城は十七年前、初対面の時、榎本と一緒に巽とは会っている。それからも何度か、顔を合わせたようだった。

真城は五年前まで警視庁の警備部警護課——いわゆるＳＰにいたので、国会やレセプションなどいろいろな場で重なったようだ。

平日ということもあってさほどの渋滞もなく、十一時前には箱根のホテルへ到着していた。

榎本が代表の名前でチェックインする。

ゴルフ場に隣接したホテルで、今日の昼からのハーフと、明日の1ラウンドを予約していた。チェックインとアウトもそれに合わせてもらっている。

部屋は三部屋。榎本と巽、延清と律、そして志岐とユカリと真城が同じ部屋になる。

「おじゃま虫で悪いね」

にやりとした真城に、

「そっ、そんなことないもん……」

と、ちょっと赤くなりながら、ユカリがもごもご言う。

しかしボディガードという意味からすると、この組み合わせはおかしい。榎本と真城が入れ替わるか、あるいは真城は榎本たちの部屋に行くべきだろう。

もちろんその意味は、わかっている人間にはわかっているわけだったが。

「あ、そっか。オーナーがあの人についてこっそり愛人と出かけたりしないように見張っててくれてるってワケか」

一人で納得してうなずくユカリに、横で志岐がため息をついた。

もっとも榎本は今回、依頼人の同伴者《コンパニオン》なのだから、依頼人とコミでガードされる立場ではある。

とりあえず一時間ほど部屋で休んで、十二時にそろって下のレストランで昼食をとることにした。

もっとも休むのは依頼人の方で、ガードたちは一応、その間に打ち合わせなどをするのだろう。今回の依頼内容は、基本的な身辺警護、ということで、そのあたりは榎本の口をはさむところではない。

律にとっては、ガードたちの仕事内容や段取りを知るいい機会だろう。律の立場でも、理解しておいて損はないことだ。

榎本たちの部屋は、湖を一望できる十六畳ほどの和室だった。それに四畳の控えと、二畳ほどのフローリングに一組のテーブルとイスがおかれていた。

「レイクビューというやつですね」

榎本は窓のカーテンを開けて、遠く広がる湖面に目を細めた。

そのガラスに、後ろで座椅子にすわってじっと自分の背中を眺める巽の姿が映っている。

榎本は小さく息をついた。

そしてふり返る。

「それで、どういうお話なんですか?」

そばのイスの、肘掛けの部分に腰を下ろしながら、榎本は静かに尋ねた。

「相変わらずだね……」

巽が苦笑した。

そう、十七年前。あの時も、榎本はすぐに本題に入ろうとした。

「明日までじらされるのはたまりませんからね。何かあらたまった話があって、旅行なんて誘ったんでしょう？」

「少し余韻《よいん》…、というか、間《ま》を楽しむゆとりを持ってもいいと思うんだけどね」

やれやれ、と巽が肩をすくめる。

「何の余韻なんですか」

と、榎本はなかばあきれて嘆息した。

そんな榎本の表情を、じっと巽が見つめていた。

「おとなになったな…、和佐」

やがて、ため息をつくように巽がつぶやく。

榎本はわずか眉をよせた。

「三十も越えた男をつかまえて、その言い方はないと思いますが」

それは確かに、出会った中学生の頃よりはおとなになっているはずだが。

しかし今さら、あらためて言うほどのことではない、と思う。

何か昔を懐かしむようで――、それはつまり、何か物事が終わる前の儀式のようで、それが榎本の胸を少し、息苦しくする。

それでも、むやみに延命《えんめい》措置《そち》をされるよりは、はっきりとさせたかった。

「何かあったんですか？」

その問いに、巽は大きな息をつき、どこか迷うように仲居《なかい》が入れてくれた茶を手にとった。ゆっくりと湯飲みを口元に運ぶ。

「政治家を辞めるんですか？　それとも検察《けんさつ》にしっぽをつかまれて逮捕でもされますか？」

なかば冗談のように、榎本は口にした。

じっと男の横顔を見つめたまま。

そして、静かに続けた。

「それとも、結婚、するんですか？」

ふっ、と巽の手が止まり、結局口をつけることなく、コトリ、と湯飲みをテーブルにもどした。

「そう…、そういう話がね、出ているんだ」

一瞬、榎本は息を止めた。

その言葉を、その事実を、ゆっくりと心の中に受け止める。

そっと。静かに。

大丈夫。大丈夫だ――、と。

自分にくり返す。

「……安心しましたよ」

そして、ふっと息を抜くように、榎本は口を開いた。かすかに微笑んでさえいられた。

「実のところ、もっと深刻な話だったらどうしようかと思ってましたからね。不治の病で余命いくば

くもないとか」

「心配してくれるのかな？」

巽も小さく笑う。そして続けた。

「どうしても断れない筋から見合いの話が来てね」

未来の総理総裁候補だ。このへんできちんと身を固めさせておこう、とまわりが考えるのももっともだった。

やはりまだ日本の社会では、男は所帯を持って一人前、という考えも根強く残っている。四十六歳の巽が、今まで独身で通してきたことの方が驚くべきことなのだ。

「特に結婚したいという気持ちはなかったんだが」

ため息をつくように言ったその言葉は、彼らしくもなく、少し言い訳めいて聞こえた。

「ねばったかいがあって大物をつり上げたな、と言われると、いささか痛痒《つうよう》を感じるというかね……」

「大物、というと？」

「小坂《こさか》先生のお嬢さんなんだが」

「ああ…、総務大臣の」

榎本はうなずいた。

元総理で、現在も派閥の領袖《りょうしゅう》を務める男だ。確かに大物だった。

「……いい頃合ですよ」

榎本は静かに言った。

「俺も三十の坂を越えると、さすがに身体がつらいですからね」

そう笑ってみせる。

「そんなに手荒くしたつもりはないがね」

巽が心外そうな眼差しを送ってきた。

それにかまわず、榎本は淡々と尋ねた。

「次の組閣には名前が入りますか？」

「この話を受ければ……間違いなく入るだろうね。まあ、彼らのシナリオ通りに行けば」

そして何か思い切るように、大きく息を吐き出して天を仰いだ。

「利用できるものは利用しなければね」

自分に言うように、巽がつぶやいた。

政治家は柄ではない、と十七年前のあの時、巽は言ったが、しかし象牙《ぞうげ》の塔の住人となるよりはよほど向いていたと、榎本は思う。

一見優しげで、知的な雰囲気だが、巽はかなり勝負師的な性格も持っている。

駆け引きと陰謀と。意地と度胸と。金と名誉と。

そんなものがぶつかり合い、からみ合う。

そんな複雑で壮大な権力ゲームの世界に、彼は身を投じたのだ。

榎本が押し出した、と言ってもいい。

しかし彼はそのゲームを彼なりに楽しんでいるようだし、そしてプレイヤーである以上、トップを目指すのは当然だった。

そしてそのための一つのステップが、結婚なのだろう。

「――で、最後に思い出作り、というわけですか」

少女趣味だな…、と榎本は微笑んだ。

「一度くらい、君とこうやって過ごすのもいいかと思ってね。まあ、別にだからといって、叔父、甥の関係が変わるわけじゃないが」

巽がつけ加えるように言ったのに、榎本はゆっくりと首をふった。

「いいえ」

と。

「俺とあなたとは、そういう関係ではなかったはずだ。結婚後も今の関係を続けたいとあなたが望むのなら、俺はそれに従います。でも今の関係が終わるということは、俺とあなたとの間のすべての関係が終わるということです」

「和佐……」

巽が何か驚いたように榎本を見つめた。

「……もちろん、エスコートの客としてならいつでも歓迎しますが」

そっと微笑んで言った榎本に、ようやく巽もうなずいた。

そうだな…、と小さくつぶやく。

「それがいいんだろうね」

そう。それがいい——。

榎本も心の中でくり返す。

そしてゆっくりと窓の外へ視線を移した。

静かに、さざめくように光を弾く湖がまぶしく、目に沁みるようだった……。

◇　◇

昼食後、二時から彼らはスタートした。

天気もよく、初夏の日射しは少しきついが、高原だけに肌を撫でる風は心地よい。

平日のせいかコースも空いていて、前後に気をつかう必要もない。

「なんで俺が荷物持ちなんだよーっ」

と、キャディをやらされているユカリが、ギャーギャーと文句をたれた。

「おまえが一番下っ端《したっぱ》だからだろ。第一、ゴルフができないんだから、他に仕方がないだろうが」

志岐が笑いながらその尻をたたく。

コースは巽と榎本、そして志岐と真城の四人でまわった。ユカリが荷物持ちにしかならないキャディ代わりで、延清と律は少し先の林や土手《どて》などで、不審者をチェックしている。まあ、通常のガード態勢というところだ。

「くそーっ、あいつら、まるっきりデートじゃんっ」

と、小高い丘の上から、ユカリが眼下の林の中に手をつないで歩く律たちを見つけてぼやいた。

「ユカリもゴルフは覚えた方がいい。欧米でも上流の人間は結構やるからね。これからもお供でやる機会があるかもしれないし」

真城がバイザーの下からにっこりと笑った。

「ナイスショット」

巽のティ・ショットに、そのボールが放物線を描くのを遠く目で追いながら、志岐が声を上げた。

ショート・ホールの第一打で、巽はうまくワン・オンする。

おー、と榎本と真城が手をたたいた。

「巽さんがゴルフがそんなに得意だったとは知らなかったですよ。ハーフ、どのくらいでまわるんです？」

「確か46というのがベストだったかな」

うーん、とグリーンに乗って転がるボールの行方《ゆくえ》を目で追いながら、巽が答えた。

それに、志岐がほう、となる。

横でユカリはまったく意味不明な顔をしているが、ハーフで46なら、アマチュアのレベルではたいしたものだ。

「門真さんがゴルフをやってるって印象はあまりないんですけどね」

真城が首をかしげるのに、巽は苦笑した。

「あまり人前ではやらないようにしているからね。日本では政治家がゴルフをするのはあまりイメージがよくないようだし」

自分の発言を覚えているのか、ユカリがちょっと居心地悪げに首を縮める。

「それに、楽しくもないメンバーでコースをまわってもね……」

意味ありげな言葉は、先輩のセンセイたちにつきあわされるのは遠慮したい、ということなのだろう。

無理もない。そんな接待ゴルフでは、かなりセーブしなければ場を壊すことにもなる。

しかし巽は、高校時代からゴルフを趣味にしていたようだった。

「プロを目指そうかと真剣に思っていた時もあったんだよ」

そう言って、ちらりと意味深な視線を榎本に向けてくる。

……まるでそれを邪魔したのが榎本だというように。

榎本はそれに知らんぷりで肩をすくめた。

巽を政治家への道へ押し出したのが榎本だったとしても、出会った時はすでに大学の講師だったのだから知ったことではない。

「おまえもやってみるか？」

と、ホールまで二メートルほど残ったパー・ショットを志岐がユカリにゆずってやった。

好奇心旺盛なユカリは、渡されたパターを握って、志岐が読んでやったコースを狙って、コツン……とボールにあてる。

コロコロと頼りなく転がった白球は、ホールの横、親指一本分ほどをかすめて通り過ぎてしまった。

うぎゃーっ、とユカリがこの世の終わりのようにわめくのを、まわりのおとなたちがいっせいに笑った。

ユカリのおかげか、和《なご》やかな雰囲気でコースをまわりきり、一同はクラブハウスへ入っていった。

と、その入り口で、思いがけない人物と鉢合《はちあ》わせしてしまった。

「門真くんじゃないか」

前方から大声で呼びかけられて、巽がハッと顔を上げる。巽は一応、目深《まぶか》にバイザーをつけていたのだが、この男には気づかれたようだ。

「これは……、先生もゴルフでしたか」

バイザーを外しながら笑顔でそう受け答えた巽の声が、わずかに固い。

榎本も素早く男に目を向け、それが誰だか、すぐに確認した。

先生、と呼ばれた男のまわりにいるのは、男の秘書や後援会の人間といったところか。

そのうちの一人が、ずいぶんと胡散《うさん》くさげな、いや、むしろ敵意をむき出しにするような視線を巽に向けている。

ちょっと榎本は気になったが、巽自身は中心の男に気をとられて気づかないようだった。

そしてその横にはさらに、数人のＳＰらしき男たちがついている。

現職の総務大臣である小坂だった。

……つまり。

「なんだ、門真くんが来てるんだったら、美香子《みかこ》も連れてくればよかったな」

下品なほど豪快に、男が笑う。

この男の娘と、巽は結婚するのだ。

巽はそれに、曖昧《あいまい》に微笑んだだけだった。

しばらくたいした内容のない立ち話をし、では近いうちにまたな、と妙に意味ありげに小坂が笑ってなれなれしく巽の肩をたたく。

入れ違いにクラブハウスを出た彼らを見送って、巽は肩で大きく息をついた。

「嫌なところで会ったな……」

やれやれ、と、彼らしくもなくぼやく。

あの男が舅《しゅうと》の立場になれば、相当ゴルフにもつきあわされることになるのだろう。さすがに同情を禁じ得ないところだ。

「おいくつなんですか？　その美香子さんというのは」

歩き出しながら、何気なく榎本は尋ねた。

「二十七、だったかな」

ちょっと考えて巽が答える。

「若いお嬢さんじゃないですか」

嫌味でもなく、榎本は言った。

適齢期の娘を四十過ぎの男に嫁《とつ》がせようというのだ。よほど、巽を自分の陣営にとりこみたいのだろう。

巽はそれに肩をすくめただけだった。

「美人なんですか？」

あのオヤジではあまり期待できそうにないな、と他人事に思いながら榎本が聞く。

「さあ…。会ったことはないし、見合い写真を見せられたわけじゃないからね。話だけで」

なるほど。どうせ政略結婚なら、顔も性格も関係ない、というところなのだろうか。

クラブハウスで軽くコーヒーブレイクをとると、彼らはホテルへ引き上げた。

夕食は七時に頼んでいるから、あと一時間あまり。

では夕食前に一風呂浴びて汗を流そうか、ということで、一同は支度をして大浴場へ向かった。

延清たちが浴場の外のリラクゼーションスペースに見張りの意味で残り、他のメンバーが中へ入った。

大きなガラス張りの浴場からは遠く富士山まで望める絶景だ。

しかしのぼせやすい榎本は、カラスの行水《ぎょうずい》のような素早さですぐに湯から出てしまった。

背中で巽が小さく笑っているのがわかる。

「長風呂になるのは年をとった証拠ですよ」

と、捨てゼリフのように言い残して、榎本はさっさと外へ出た。

火照《ほて》った身体を外気で冷ましていると、追うように真城が出てきて、延清たちに入るように伝える。

「律に一緒に入ろうって、ユカリが騒いでるよ」

「ほんとにお子サマだな、あいつは」

思わず榎本も苦笑する。

夕食は各部屋ではなくホテルの中の和食処《わしょくどころ》だったが、浴衣《ゆかた》でかまわない、ということだったので、榎本は浴衣に着替えていた。

真城はさすがに普通のシャツだ。これは一応、ガード上のことだろう。さすがに浴衣では動きにくい。

「何か話はしたのか？」

真城がタオルで髪を乾かしながら、何気ない調子で聞いてきた。

だが、それを聞くためにさっさと風呂から上がってきたのだろう。

榎本は籐《とう》の長椅子に身体を伸ばしながら、こちらも何気ないふうに返す。

「結婚するんだそうだ」

「門真さんが？」

思わず聞き返した真城の手が止まる。

「いいのか？」

うかがうように、低く尋ねられる。

「……何が？」

榎本は目を閉じて、わからないふりをした。

「俺がショックを受けているとでも？」

しかしそう口にした瞬間、榎本は何か瞬間的な怒り、というか衝動《しょうどう》にかき立てられた。

ふっと身を起こす。

そしてやおら立ち上がると、真城の肩に腕をまわした。

「なぐさめてくれるのか？」

楽しいのか、おかしいのか、ただ笑いたいのか。酔ってでもいるような妙に不安定で、ハイな気持ちになっていた。

そっと唇を近づける。

「やめておけ」

強引にふり払うわけではなく、ただ静かに真城が言った。

その口調に、すっ…と熱が冷めたような気がした。自分のしていることがどれだけバカげたことか、情けないくらい身に迫ってくる。

ため息をついて榎本はイスにすわりこんだ。

真城と自分とはちょっと似たところがある。時々、自己破壊的になってしまうのだ。真城にもわかっているのだろう。

悪い…、とつぶやくように榎本は言った。

――ショックを、受けているんだろうか……？

自分に、問いかける。

「俺にあたるんじゃなくて、あの人に言うべきことは言ったのか？」

淡々とした真城の声。

言うべきこと。

……は、言ったはずだった。

結婚という選択を異がしたのなら、自分たちの関係はここまでなのだ、と。

あの日に提示された条件を、榎本はクリアしたはずだった。もう、借りはない。

他に何か、言うべきことがあるだろうか？

「なくしてからじゃ遅いぞ」

その言葉が、重く、胸に落ちてきた。

——巽との関係が終わる。

来月からは、もう五日の日にあの男のマンションを訪ねる必要はなくなるのだ。

ぽっかりと胸の中に大きな空洞《くうどう》ができたようだった。

それでも五日になれば思い出すんだろうな…、と自分でもおかしくなる。

この十七年間のいろんな思い出を。彼と過ごしたすべての「五日」のことを。

九月五日が榎本の誕生日だということを、最初、巽は知らなかった。

翌年の九月五日まで。

いつものように学校の帰りにマンションに行った榎本は、学校でもらったプレゼントを持っていた。

それで初めて気づいたようだ。

ひどく驚いて、ケーキを買ってくる、と巽は財布を持ってマンションを飛び出したのだ。

榎本はあっけにとられてそれを見送った。

そして二人でケーキにロウソクを立て、その日はケーキに追い立てられるように一心に食べた気がする。

五日——フィフス——五番目……。

榎本は小さく息をついた。

そう。結局、自分は巽にとって、常に五番目くらいの存在だった。

仕事。家族。友人。趣味。……その次、くらいだろうか。

そんな自分が。

……いったい何を……言えばいいというんだろう？

祝福の言葉以外に。

◇　　◇

七人というそれなりの人数のせいか、夕食は仕切られた座敷に準備されていた。

靴を脱いで、床の上がった畳の間にごそごそと上がりこむ。

料理は会席のようで、先付から小鉢に盛られた刺身、煮物、焼き物…、と続き、二時間ほどをかけて堪能《たんのう》した。

そして律の分まで横からかっさらって、食べすぎたユカリがよろよろしながらデザート前にトイレに立った。

「……すっ…すいません……。俺、ちょっと」

「ああ…、私も行こう」

と、それに気軽な調子で巽も立ち上がる。

真城と志岐と延清が素早く視線を交わし、一番降り口に近かった真城が同様に腰を上げて、石畳《いしだたみ》を模した通路へと降りた。

と、少し先を行っていたユカリが、こちらへ向かってくるスーツの男とぶつかった。この時間、旅館の中でのスーツ姿はちょっとめずらしい。

「てっ…！」

はた目にも思いきり肩があたったようで、ユカリの短い声が上がる。

しかし男は、それにも気づかないようにまっすぐに彼らの席に近づいてきた。

「おい、なんだよ、あんた！」

声を荒らげたユカリに、榎本もようやくその男の存在に気づく。

おや…、と巽がわずかに目をすがめた。

「君は小坂先生のところの……？」

夕方にクラブハウスで会った小坂についていた秘書の一人だった。

伝言でもあるのかと思ったのだろう。巽が何か問おうとした、次の瞬間だった。

男がいきなり、ポケットからナイフをつかみ出したのだ。

「あんたのせいで俺は……っ！」

すさまじい形相《ぎょうそう》で巽をにらみ、一直線に襲いかかってくる。

突然のことだった。

目の前にそれを見た榎本の思考が、瞬間、止まった。声も出ない。

ナイフの光が目を刺した。男の血走った目が、榎本のまぶたに焼きついた。

その鋭い刃先が驚愕《きょうがく》に凍りついた巽の胸元へ届こうとした瞬間、横から真城の手がスッ…と伸び、男の腕をつかんでいた。

ギャァ…ッ！ と、ほとばしるような叫びが空気を引き裂く。

的確に、真城はナイフを持つ男の手首と肘とを潰《つぶ》していた。

そしてそのまま、引きすえるように男の身体を畳の上に上半身を乗せる格好《かっこう》で押さえつけた。

真城は合気道《あいきどう》の有段者で、師範《しはん》クラスだ。関節を外される痛みは、普通の人間では到底耐えきれないだろう。

男はだらだらと冷や汗を流したまま、痛みと驚愕で、ほとんど茫然《ぼうぜん》自失の状態だった。

「大丈夫ですか？」

と、平静な顔で男を押さえつけたまま、真城が巽に尋ねる。

ナイフをふりまわしただけの素人を押さえることなど、彼には造作《ぞうさ》もなかっただろう。

「ああ…、ありがとう。いや、驚いたよ」

ようやく我に返ったように巽がうなずいた。

「襲われる心当たりはあったんですか？」

「まったくないね」

そんな会話の中、男の上げた悲鳴にあたりは騒然となっていた。

「どうします？　警察に？」

尋ねた真城に、いや、と巽は即答した。

「それは……やめておこう」

相手は一応、小坂代議士の秘書である。

そのへんは察しているのだろう。うなずいた真城が、すでに戦意も消え失《う》せた男の腕を、ようやく放してやる。

志岐にあとを頼むと、真城はそのまま、すみません、なんでもありませんから、とまわりにあやまってまわり、レストランの人間に適当な言い訳をしに行った。

状況はすべて目に映っていたはずなのに、思考が働いていなかったらしい。

「榎本？　大丈夫か？」

その志岐の声に、ようやく榎本は我に返る。

「和佐？」

巽も気づいて、心配げに声をかけてきた。

「あ…。ええ…、すみません。大丈夫です」

強張った顔のままだったが、それでもようやく榎本は笑ってみせた。

「暴力沙汰《ざた》に慣れていない、繊細《せんさい》な人間なものですから」

「冗談が言えるくらいなら大丈夫だよな」

と、それに横からユカリが口を出す。

自分でも軽口のつもりではあったが、ユカリに言われるとムッとする。

しかしまだ、心臓は激しく波打っていた。

いや、状況がわかった今はさらに激しくなっていたかもしれない。

――巽が……襲われた。

その事実に、榎本は自分でも驚くほど、動揺していた。

もし、この場に真城や志岐がいなかったら……もしかしたら巽は死んでいたかもしれない。いや、そうでなくてもケガを負っていたかもしれないのだ。

そのことに、榎本はぞっとした。

単に口実のようなガードだったのに。

志岐が淡々と問いただす中、男は何か憑《つ》き物が落ちたように口を開いた。

小坂の私設秘書であるこの男は、どうやらまわりからはずっと後継候補の筆頭《ひっとう》にあげられていて、ゆくゆくは巽の見合いの相手である小坂の娘と結婚して地盤《じばん》を継ぐものだと、男自身、信じていたらしい。小坂もそんなことを匂《にお》わせていたのだろう。

つまりこの男にしてみれば、いきなり横から出てきた巽に何もかもすべてかっさらわれた、というわけだった。もちろん、完全な逆恨《さかうら》みではあるが。

「……まあ、小坂先生のところに送り返すしかないだろうな」

やれやれ、と巽がつぶやいた。

こちらから訴えるつもりはないが、あとの処理はむこうに任せよう、ということだ。

別のホテルに泊まっている小坂のもとへ、志岐が男を連れていった。

そして結局デザートは食べ損《そこ》ねたまま、一同はすぐに部屋へ引き上げた。結構な騒ぎになったので、そのままいても注目されるばかりだ。

部屋に帰ると、テーブルが部屋の隅に追いやられ、すでに床《とこ》が敷かれていた。

巽が壁に向かった形で並べられていた座椅子の一つをくるりと部屋の中に返して、さすがに大きな息をつきながらすわりこむ。

本当に驚いたな…、とそれでも苦笑いする余裕のできたらしい巽を見つめて、榎本はポツリとつぶやいていた。

「あぶない仕事なんですね、政治家というのも」

うん？　と、巽が首をかしげる。そして肩をすくめた。

「こういうことはどんな仕事にもあるだろう。政治家だけじゃないよ」

確かに……そうかもしれないが。だが閣僚にＳＰがつくのは、やはり普通の人間より狙われる危険性が高いということなのだ。

「どうした？　心配してくれるのか？」

言って、巽が微笑む。

榎本は思わず唇をかんだ。

自分が何を言いたいのか、何をしたいのか、全然わからなかった。

この男が目の前からいなくなることなど、考えたことはなかった。

十七年――。月にたった一度。一日だけ。

だがそれは確実に、この男に会える時間だった。

自分が拘束されるのと同じだけ、自分だけがこの男を束縛できる一日だったのだ。

だがそれも――――もう、ない。

五日になっても、来月からはこの男の顔を見ることはない。死んでいようが、生きてどこで何をしていようが、榎本にはまったく関係なくなるのだ。

こうして男の顔を見ることも。触れることも。

何かが身体の中でいっぱいになって、今にも溢《あふ》れ出しそうになっていた。

あと一滴で堰《せき》が切れる、そんなギリギリのライン――――。

「……和佐？」

巽が、ちょっと怪訝そうに呼びかける。

気がつくと、榎本は彼の目の前にいた。

子供のように彼の前にすわりこみ、その存在を確かめるように手を伸ばす。

彼の肩に、そして頬に、そっと触れた。

指先からその熱が沁みこんでくる。

「和佐」

やわらかく微笑んで、巽がその指をそっと握った。

「どうした?」

「あ…」

榎本は、ようやく自分のしていたことに気づき、あわてて目をそらす。

「君らしくないな」

くすくすと巽が声を立てた。

握ったままの榎本の指先に、そっと唇で触れる。そしてもう片方の手で、さらりと額から前髪をかき上げてきた。

じっと榎本の顔を見つめる。

「楽しみだったよ。毎月……新しい月が始まるのがね」

そっと、ささやくように巽が言った。

確かめるように……懐かしむように、榎本の頬を、唇を優しく撫でる。

その言葉に、榎本はハッとした。

それは……自分も同じだった。

月が変わり、新しい月が始まると、いつも思っていた。

もうすぐ五日がくる――、と。

「楽しかったよ。君の成長を見るのは」

やわらかい吐息で、男が微笑む。

「君が初めて眼鏡をかけてきた時とか。卒業証書を見せてくれた時とか」

じっと自分を見つめる巽の瞳を、榎本も瞬《まばた》き一つせずに見つめ返した。

「君にはわからなかっただろう。どれだけ……まさに万難《ばんなん》を排して、私は五日という日を空けていたんだよ」

榎本はわずか目を見張った。

……そう。そうだったのだろう。考えたこともなかったけれど。

大学講師の時代ならともかく、議員生活を始めて、それがどれだけ大変なことかは榎本にも想像はつく。大切な会議や集まりもあったはずだから。

胸が、痛かった。

突き刺されるように、どうしようもなく胸が苦しくなる。

卑怯《ひきょう》だ、と思う。今になってこんなことを言うのは。

榎本はようやく口を開き、しかし言葉にならなかった。

「本当に……楽しかった」

静かに、ささやくようにつぶやかれたその言葉が、最後の一滴になった。

心の中の堰を破る、最後の一滴。

縁を越えて溢れ出した想いは、ぽろり…、と、熱くこぼれ落ちていた。

「和佐…?」

ハッとしたように巽の声が上がる。

頬を撫でる指が止まった。

「あなたを……他の人間と共有するつもりはありません」

自分でもわからないまま、そんな言葉が唇からこぼれて落ちていた。自分のものとも思えない、かすれた声で。

「結婚なんか……、しないでください」

胸の奥につかえていた重い塊《かたまり》を吐き出すように、榎本はその言葉を口にした。

他に、言葉にはならなかった。

榎本はそのまま、しがみつくようにして男の肩に顔を埋めた。

「しないで……」

必死に、どこへも行ってしまわないように、男の肩に爪を立てる。

「和佐……」

呆然と巽がつぶやいた。

ぎこちなく、その手が榎本の髪を抱いてきた。そして、背中を。

「本当に……そう思っている？」

小さく震えるような声だった。

榎本は両腕を強く男の背中にまわした。

お願い…、と。

自分で言うはずのない言葉を。絶対に言えるはずのない言葉を、榎本は何度もくり返した。

「お願い……。俺の…最後の…わがままですから……」

最初で、最後の。

この十七年間でたった一つのわがまま――。

「和佐」

ぐっと、すごい力で全身が抱きしめられた。

締めつけられるようだった。

「十七年だよ…、和佐。ずっと、君が成長するのを見てきたんだ……」

巽が耳元でささやいた。

「どうして今さら……手放せる……？」

自分に問うようなつぶやき。

その言葉が、全身に沁みこんでくる。

「あ…」

言葉に、ならなかった。ただ必死で、榎本は男の身体にしがみついた。

「和佐……」

優しく髪を撫で、腕を引き離して、巽の手が頬をはさんだ。

「あ…っ」

眼鏡が外される。

こんな間近で、顔が見えないはずもないのに、目の前の巽の顔はぼやけていた。

小さく笑って、巽が指先で濡れた頬をぬぐった。

そして、顎が引きよせられる。

舌先が軽く唇をたどり、そのあと、そっと重なってくる。

「ん…、ん…っ！」

夢中になって、榎本はその口づけをむさぼった。

目眩《めまい》がするくらい、甘い、キスだった。

息を継ぎ、さらに深く舌をからめ合う。

巽の唇が顎から喉元へ這い、器用な指が浴衣の襟《えり》を割って中へすべりこんでくる。

「あ……っ……」

さわり、と鎖骨のあたりを撫でられて、榎本は思わず息を飲んだ。

男の指先が、遊ぶように胸の突起をつまみ、押しつぶすようにしてなぶってくる。

「く……ん……っ」

たまらず、榎本は喉をのけぞらせた。

吐息のような笑い声が頬を熱くする。

それでも榎本は、男の腕にしがみついたままだった。

大きく胸をはだけさせられ、帯がとかれて膝《ひざ》の上にゆるく落ちる。

濡れた感触が喉から胸を伝い、指でさんざんもてあそばれてすっかり固くとがってしまった芯をなめ上げる。

「く……っ、ふ……」

榎本は必死にあえぎをかみ殺した。

「——あぁぁ……っ！」

しかしそれに軽く歯が立てられると、身体の奥を走り抜けた痺《しび》れにこらえきれず声が出る。

かしいだ身体を巽の腕が背中から支えた。

「気持ちがいいの……？」

含み笑いでさんざん胸をなぶられたあと、ようやく巽の手は下へとすべり落ちていった。

やわらかい足のつけ根を撫で、確かめるように下着越しに榎本の中心を握った。

「……く…っ」

榎本が低くうめく。

「ん…？　どうした？　ずいぶん固くしているじゃないか？」

いやらしく巽が言葉にする。

教えられるまでもなくすでに反応を始めていたそれは、巽の手の中でもみこまれて、さらに形を変えていた。

巽の視線が耐えきれず、榎本はきつく目をつぶる。

下着の上からたっぷりと、からかうように愛撫《あいぶ》されたあと、ようやく隙間から指が中へすべりこんでくる。

「は…っ、あぁ…っ！」

直《じか》に触れられた瞬間、たまらず榎本は声を放った。

「おやおや。もう濡らしているの？」

巽の楽しげな調子に、カッ…と身体が熱くなる。必死に唇をかむが、巧みな手の動きに翻弄《ほんろう》されて、淫《みだ》らな声は唇をついてあとからあとからにじみ出してくる。

「あぁ…っ！　そこ…っ、やめ……！」

先走りのこぼれる先端を指先にいじられて、榎本は反射的に身体をよじった。

「腰を上げて。そのままじゃつらいだろう？」

優しげな声に、意地悪な意図がにじむ。

しかしどうしようもなく、榎本は荒い息をつきながら、膝を立てた。

腰にわだかまっていた帯がバサリ…と畳に落ちる。

淫らに、誘うように浴衣の前が開く。

その間に手を差し入れて、巽が榎本の足を撫でた。そしてうながすような視線を向けてくる。

そう、このままではどうしようもない。

榎本は足に力をこめて、よろけそうになりながらなんとか立ち上がった。

巽の手がわざとゆっくりと下着を引き下ろし、脱がせていく。

すわったままの男の目の前に、完全に立ち上がっている自分の中心がさらけ出される。恥ずかしさに、こらえきれずに榎本は目を閉じた。

巽が手の中に榎本のモノを収め、握りこむようにしてこすり上げる。

「あ…あぁ……」

かすれ声がこぼれ落ちる。

巽がためらいもなくそれを口に含み、その形に沿って舌でなめ上げた。

「く…っ、ん…ん……っ！」

熱い感触がからみつき、優しく吸い上げられる。くびれをなぞり、にじみ出る滴《しずく》をなめとるように、舌先が先端を刺激する。

「あぁっ…あぁぁ…っ！」

膝がくずれそうで、榎本は思わず男の肩に手をついて身体を支えた。

そして片方の手は男の髪をつかみ……、しかし引き離そうとしているのか、押しつけているのか、自分でもわからない。

口でしてもらうのは初めてではない。しかし、立ったまままされるのは初めてだった。

思考がにごっていく。何も考えられなくなる。

巽の指が奥で揺れる球に攻撃を移した。

きつく、弱くもみしだかれて、榎本は立て続けに声を放った。

そして榎本のこぼした先走りに濡れた指が、そこからさらに奥を探っていく。

「そこ…っ……——んん…っ！」

最奥《さいおう》の窪《くぼ》みまで続く細い道筋を何度もこするようにして撫で上げられ、榎本はたまらず首をふった。

ゾクゾクとした痺れが背筋を這いのぼってくる。何か、得体の知れない感覚を逃がそうとするように、無意識に腰が揺れる。

巽の指先がようやく入り口に触れ、しかしすぐには中に与えてくれず、ただ爪の先で引っかくようにして襞《ひだ》をなぶる。

くっ、と榎本は唇をかんだ。

ついで指の腹で撫でられるやわらかすぎる感触に、無意識にねだるように腰が落ちる。

巽のもう片方の手が腰の外側からまわりこんできて、尻を大きく割り開き、その部分をさらけ出させた。

「も…、……や…く……っ」

もっと深い刺激を求める榎本に、巽が小さく笑った。

「ここを使うのは、つらくなってきたんじゃないのか？」

意地悪く言いながら、中指をズッ…、となかばまで沈められ、その感触に榎本はぶるっと身震いした。

「あぁ……」

吐息のような声がこぼれる。

しかしすぐに出ていこうとする指を、榎本は反射的に締めつけた。

巽が喉で笑う。

「ゆるめなさい。もう一本、入れてあげるから」

欲しいのだろう…、と。ささやくように言われて、榎本はなんとか腰の力を抜く。

「んん…っ！」

二本、指が突き入れられる。かきまわされる感触に腰が溶けた。

「は…、ぁ…っ…、あぁぁ……っ！」

背中を反らし、腰を揺らす。

弱い部分を知りつくした指が、中でうごめき、いたぶるようにしてそのポイントを攻め立てる。

たまらなかった。

男の髪をつかむ指に力がこもる。

そそり立ち、小さく震える榎本の中心に唇をよせて、巽がそっとなめ上げてくる。

「あぁぁぁ……っ！」

くびれを舌先にくすぐられ、先端を軽くかまれて、榎本はこらえきれずに膝を折った。

「おっと」

巽の腕が榎本の身体を引きよせる。

榎本は倒れかかるように、男の腕の中にくずれ落ちた。

ズルリ、と後ろから指が抜け、その喪失感《そうしつ》に腰が疼《うず》く。

荒い息をつきながら、榎本は男の浴衣の襟をつかんだ。

そのまま強引に開き、素肌に顔を埋める。わずか高い体温が頰に沁みこんでくる。

帯をとくのももどかしく、榎本の手は乱暴に、男の脇腹から下肢まで欲しいモノを探して伸びた。

熱くなったそれをようやく見つけると、手の中でさらに育て、そっと上目づかいに男を見る。

憎たらしいくらいに平然とした顔で、静かに微笑んだまま、巽の手が榎本のうなじから髪を撫でた。

榎本は、男の顎からずっとたどるようにして唇を求める。

深いキス――。

唇を合わせたまま、わずかに膝を立て、榎本は腰を持ち上げた。

そして自分の熱く疼く部分へ、手の中のそれを押しあてる。

「今日はずいぶんと大胆だね……」

巽が榎本のこめかみのあたりから髪をかき上げて、うっすらと笑う。

榎本はなかば男を見下ろす形で、じっと巽をにらんだ。

「……俺を…こんな身体にしたあなたには……責任がありますよ……？」

「そうだな」

巽が目元を笑わせた。

目尻によったしわに、昔はなかったかな…、とちらりと榎本は思う。

長いつきあいだった。けれど、どんなに年をとっても、この男がいい。他の男に抱かれたいとは思わなかった。別の女を抱きたいとも思わない。

「タダの人になったって……、あなた一人くらい、俺が養ってあげます」

そう。今度は、自分が。

今の自分になら、それもできる。

「そうだな」

ハァ…、と深く、ためていたような息を巽が吐き出した。

そしてじっと榎本を見つめる。

「君が何も言わなかったら、あきらめて本当に結婚するつもりだったよ」

「……あきらめて？」

「こんなに可愛がっているのに、君には通じていなかったようだからね。五日以外の日には、マンションによりつこうともしなかったし」

巽の手が、なだめるように榎本の背中を撫でた。浅くつながった部分にさらりと触れられて、なんとか榎本はあえぎをかみ殺す。

「遠慮、してたんじゃないですか……」

ようやく、そんな言葉を押し出した。

五日。

それは榎本にとって、いつの間にか、訪ねなければならない日ではなく、訪ねてもかまわない日になっていたのだ。

「……断って、大丈夫なんですか？」

大事な縁談のはずだった。あの相手を敵にまわすと、立場的に難しいことになるんじゃないかと榎本にも想像はつく。

「大丈夫だよ」

しかしさらりと巽は答えた。

「政界は今、極度の人材不足だからね。能力がある人間は捨てられんさ」

言葉ほど簡単な問題ではないはずだ。

きっといろいろと腹の中では計算しているのだろう、と思う。まわりの状況を見て、守りを固めて、攻める機会を狙う。

「……自分で言いますか？」

しかしこの男は多少の障害があった方が、逆に楽しんでいるんじゃないかと思うくらいだ。

それでもなかばあきれて言った榎本に、巽がにやりと意味ありげな笑みを浮かべた。

「そんなことを言っていいのかな？」

「――あぁ…っ…！」

と、いきなり腰を揺すられて、榎本は思わず大きくあえいだ。

えぐるように入りこんでくる固い感触に、背筋が反り返る。

鈍い痛みと、そしてその一点から湧き起こる快感に、身体が勝手に動き始める。

自分から深く男をむさぼり、くわえこむ。

男の首にすがりつき、榎本は夢中で腰をふり立てた。

渦《うず》を巻くような甘い感覚が全身へと広がっていく。身体の細胞の一つ一つまで、満たされていく。

「く…っ、ぅ……ん……っ」

身体が激しく、おそろしく淫らに動くのを止めることができない。

「和佐……」

自分の膝の上で身をよじる榎本の頬を撫で、巽がそっと榎本の中心を握った。

「あぁ…っ、あぁぁぁ……っ！」

すさまじい快感に意識が飲みこまれる。

「いぃ…っ…！　あ…っ、……あぁぁぁぁぁ――――っ！」

最奥をうがたれ、先端をきつめに指先でもまれて、榎本の身体の中で何かが弾けた。

瞬間、思考がとぎれる。

「……は……ぁ……」

全身から力が抜け、どっと男の胸に倒れこんだ。

自分の荒い息づかいが耳につく。

しかし身体の奥にはまだ、固いままに男の存在があった。

わずか身動きするだけで、身体の芯がゾクリと疼く。

榎本は男の腕の中でゆっくりと身を起こし、肩から胸に手をすべらせた。

誘うように唇を近づけ、そっとついばむようなキスを何度も交わす。

まだ。もっと。

もっと欲しい……。

――と。

その時だった。

ガタン…と大きな音がふすまのすぐむこうから響いた。

「おいっ、待て、ユカリっ！」

「だって！　ホントに今、悲鳴が……」

「わかったから待てと言ってるだろうっ!!」

あせりまくった志岐の怒鳴り声と同時だった。

ガラッ、とふすまが開く。

「あ」

と、丸く口を開けたきり、ユカリの顔が固まった。

無理もない。

目の前には、男の腰にまたがったあられもない自分の雇い主の姿があるのだ。

「——悪いっ」

一声叫ぶと、ひったくるようにユカリの身体を引きよせ、志岐がたたきつけるような勢いでふすまを閉めた。ついで、バターンと外のドアの閉じる音が響き渡る。

しん…、と静まりかえった部屋の中で、思わず榎本と巽は顔を見合わせてしまった。

「……すみませんね。しつけが行き届きませんで」

他にどうしようもなく榎本は肩をすくめた。

「いいのか…？」

くっくっと笑いながら、巽が尋ねた。

かすかな振動が腰の奥に響く。

榎本は首をふった。

かまわなかった。別に誰に見られても。誰に知られても。

この男が、自分の男なのだ。自分だけの。

榎本はわずかに身じろぎして、中に入ったままの男をわざと締めつける。

さっきのではまだ……足りなかった。

自分だけいかされたままなのもしゃくにさわる。

「身体は大丈夫なのか？　三十の坂を越えるとつらいんだろう？」

巽がすまして言った。

「ご自分の心配をなさったらどうですか？　なかなかいけないのは年のせいじゃないんですか？」

ムッとして言い返した榎本に、巽がちらりと笑った。

「相変わらず可愛くない口だね、君は」

巽の指が伸びてきて、軽く、榎本の頰をつねる。

「こんなにひねくれて育ったのは、あなたの責任かもしれませんね」

榎本はすっとぼけて答えた。

背中を見て真似《まね》るような父親も、兄弟もいなかった。榎本にとって、十五の時から、この男が一番身近なおとなの男だったのだ。

家族としても、恋人としても。

すべてこの男が基準《スタンダード》だった。

「まあ君は、昔からふてぶてしい子供だったがね……」

巽が嘆息した。

「失礼な」

何か昔を思い出したように笑う巽に、榎本は機嫌を損ねたふりをしてみせた。

「愛らしい少年時代もありましたよ」

我ながら多少、疑問ではあったが。

しかしそれに巽が静かに微笑んだ。

指先がそっと、榎本のくしゃくしゃに乱れてしまった前髪を撫でる。

「今でも十分、愛らしく見えるよ。私の目にはね」

甘い、言葉――。

「そうでしょうとも」

それを榎本は平然と受けとった。

「こんなに可愛い男は他にいませんね」

「それになかなか感度もいい」

密《ひそ》やかに巽が笑った。

「――あぁ……っ！」

ゆるく腰が動かされ、思わず榎本の喉から高い声がこぼれた。

「ん……」

甘く切ないような痺れ。身体の芯から細胞が溶け落ちていくようだった。

「これからはせめて、月に二度くらいは顔を見せてくれないかな？」

榎本の背中にまわした両手を組んで支え、そっと腰を律動させながら巽がささやく。

十五歳になった日から「五日」というのが特別な日になった。

自分の誕生日ということではなく。

「……いいですよ。もう一日は、あなたが俺の言いなりになってくれるんでしたらね」

榎本は小さく笑って答えた。

腕が男の肩にまわる。

「いつだって私は君の言いなりなんだがね？」

ずうずうしくそう言った男に、榎本は目を丸くしてみせる。

「それはまったく気がつきませんでした」

そして榎本は、そっと男の耳元に唇をよせた。

「だったら……ちゃんと」
して、ください…、と。

そして「ちゃんと」してもらった翌朝は、まともに起き上がれるはずもなく。
翌日のラウンドは結局、志岐たちがユカリにゴルフ講習をしながらまわったのだった――。

end.

スタンス

門真巽《かどまたつみ》が自分の甥《おい》の存在を知ったのは、二十歳《はたち》になった時だった。

「おまえも成人か…」

十八歳も年上の、巽にとってはいそがしかった父親代わりでもあった兄の英一朗《えいいちろう》のところへ挨拶《あいさつ》に行った時、彼は巽の成人を喜んでくれたのと一緒に、思い出したようにつぶやいたのだ。

「そういえば今年は小学校かな」

と。

兄に息子が——はっきり言うと隠し子がいた、というのは、巽にとっても驚きだったが、まあ、ありがちな話ではある。

代々政治家の家系である門真の家では、祖父《そふ》やら曾《そう》祖父の代にはわらわらと婚外子がいた。父親にも自分を含めて正式な息子は三人いたが、それ以外に母親の違う娘——巽には腹違いの妹になる——が一人いるくらいだ。

ただ父親の地盤を継《つ》いで政治家となった兄に、まだ嫡子《ちゃくし》はいなかった。

「引きとらないんですか？」

そう尋《たず》ねた巽に、兄は、むこうも渡したがらないしね、と言っていたが、まわりからのプレッシャーの中で不妊治療を続けている義姉《あね》への気遣《きづか》いもあったのだろう。

義姉はやはり有力な政治家の娘であり、兄とは政略結婚のようなものだと思っていたが、それでも巽の見る限り、仲のいい夫婦ではあった。……まあ、兄に子供がいた、ということは、同時に愛人がいた、という意味でもあるが。

しかしこの時、巽は、ふぅん…、と思っただけだった。

その子が門真の家に入ることになればそれなりのつきあいができるのだろうが、そうでなければ一生、顔を合わせない可能性も十分にある。なにしろ実の妹さえ、冠婚葬祭の折《おり》に一、二度、対面したきりだったのだ。

だが結局、兄夫婦は子供に恵まれず、四十なかばを過ぎてあきらめたようだった。

それにともなって、にわかにその子の存在がクローズアップされたわけである。なにしろ、跡継《あとつ》ぎは門真家にとっては大きな問題だったから。

そしてそれは、当時私立大学の講師として働いていた巽にも、自分の身に降りかかってくる大きな問題になっていた。兄の秘書たちや後援会の長老《ちょうろう》たちが水面下で動き始める中、巽も早々にその子供のことを調べ上げた。

接触したのは一番早かったはずだ。

……そして結局、それはボケツを掘る結果になったのだが。

◇

◇

かすかなアラーム音に目が覚めたのは、朝の八時半だった。ふだん巽が目覚める時間としては、少し遅いくらいだろうか。

休暇中《きゅうかちゅう》ならば、本当はもう少しゆっくりしてもいいくらいなのだろうが、今日の巽には一日ゴルフという楽しみもある。

箱根《はこね》でのこの一泊の旅行は、巽にしてみれば実の甥であり、一種の愛人契約《けいやく》をしていた榎本和佐《えのもとかずさ》との関係にけじめをつける目的が第一だった。

とはいえ、趣味のゴルフを楽しんでいけない理由はない。

榎本とは毎月五日の日にだけ会える約束だったが、昨日はその決められた一日ではなかった。この十七年の間では、二度目になる。

いつもは年齢以上に落ち着き払った、人を食ったような顔を見せる彼の、……そう、おそらく巽にとっては二度目の、彼の弱い一面を、ゆうべは見せてもらえた。

可愛《かわい》くて……本当に愛《いと》しくて。

そのおかげで少しばかり夜更かししてしまったが、巽としてはすっきりとした目覚めだった。……まあ、まだ横で寝息をたてている榎本の意見は、また別かもしれないが。

巽にとってみれば今まで月に一度しか抱かせてもらえなかったわけで、しかも四十も越えた年上の男としては、がっついているような様子を見せることもできなくて。

いつも落ち着いたおとなの態度で。未練や執着《しゅうちゃく》を表に出すこともなく。

そうやって十七年、榎本とつきあってきた。

ある種、ゲームのようなものだったのかもしれない。駆け引きのように、おたがいに気のないそぶりで。だけど、離れられなくて。

二人で引いた線を乗り越えてしまった方が負けなのだ、と。

ゆうべ、その線を越えたのがどちらだったのか――。

アラームの音に榎本はわずかに身じろぎしたが、しかし目覚める様子はなかった。

巽は枕元の携帯のアラームを切ると、人肌にぬくもった布団《ふとん》の中で丸くなっている十四も年下の男を静かに見下ろした。

本当に大きくなったな…、とその寝顔に、思わず笑みがこぼれる。

口にすると、また子供扱いですか、とか、もういい年をしたおとななんですけどね、とかぶつつ言われるのだろうが。

今年で、三十三――だった。

社会的には責任ある役職を任される年で、榎本自身、準大手の人材派遣《はけん》会社を経営している。当初巽なりに多少の助力はしたが、ゼロから会社を興《おこ》し、これだけのものに育てたのは、やはり彼の才覚だろう。

ある程度形ができてしまえば、あとは雪だるまみたいに勝手に大きくなるんです――、と本人はひょうひょうと言っていたが。

個人資産はすでに巽よりもずっと多いはずだ。これ以上大きくしよう、という野心はあまりないようだったけれども。

もう出会った頃の中学生でないことは頭ではわかっているはずなのに、いつまでも巽の中では生意気盛りの子供に思えてしまう。

十七年――ずっとその成長を見てきたのだ。毎月、一日だけ。

アルバムに記録するように、自分の腕の中で、その大きさを確かめて。

だが寝顔は、中学生の頃とあまり変わらない。くしゃくしゃの寝癖《ねぐせ》も、いつもと違ってずいぶん幼く見える。

――この旅行へ榎本を誘った時。

正直、期待してはいなかった。自信もなかった。

彼にとっていったい自分がどういう存在なのか。どれほどの存在なのか。

今が潮時《しおどき》か…、とも思ったのだ。

十七年前のあの時の契約を、榎本は過不足なく履行《りこう》していた。

そう…、本当ならば母親が亡くなった時点で、契約を切ることもできたはずだった。彼にとっての弱みは、その一点だったから。

だが彼の方からは何も言わなかったし、巽も気がつかないふりをしたままだった。

確かに自分たちのつきあいは、契約で始まったにしても、うまくいっていた。——と思う。

精神的にも……カラダの方も。

これほど一緒にいて楽しい相手はいなかった。わくわくするような期待と、そして知らない間にリラックスしている自分がいた。

十四も年下の子供に、だ。

おたがいに手の内は決して見せず、さりげない駆け引きと、無意識の甘えと、慣れと。

気安さと緊張は常に表裏《ひょうり》一体だったが、ある種の信頼はあったと思う。榎本にとって、それは血のつながりからくるものではなかっただろうが。

家族でもなく、恋人でもなく。

けれど確かに二人の間に結ばれた絆《きずな》が……積み重ねてきたものがあったのだろう。

そのことに、巽は安心する。形のないものだけに、やはり未練があるのは自分だけか…、という気もしていたから。

ゆうべは、そんな安堵《あんど》と愛しさが溢《あふ》れ出すようにずいぶんと執拗《しつよう》に抱いてしまった。

なにしろ初めて榎本の気持ちが聞けたのだから、歯止めがきくはずもない。

『結婚なんか……、しないでください』

初めてぶつけられた彼の気持ちが、身体の奥にまだ温かく残っている。

恋人の寝顔に、無意識に笑みがこぼれてしまう。

そっと上体を起こした巽は、手を伸ばして榎本の前髪をすくようにしてかき上げた。指の甲で頬を撫《な》で、唇をたどると、彼が小さくうめいて目を開く。

「おはよう、和佐」

彼を見下ろしたまま、巽は優しく声をかけた。

「起きなさい。朝食に遅れるよ」

榎本はどこかまぶしげに片腕を上げると、いくぶんはれぼったい顔をして、目をしょぼしょぼとさせた。

もともと朝は弱いようで、巽のマンションへ泊まった翌日——つまり毎月六日は巽が榎本を起こし、朝食を作ってから送り出してやっていた。

「……食べたくありません……」

両腕で顔をおおった榎本が気だるそうに大きな息を吐き出し、かすれた声を押し出した。

「子供みたいなわがままを言うんじゃない」

軽くいさめるように言った巽に、今度は少しふてくされたような言葉が返る。

「腰が重くて起きられませんね」

「おやおや」

巽は小さく笑いながら、榎本の鼻をつまんだ。

「三十を越えてつらいというから、ゆうべは手加減したつもりだがね」

その言葉にムッとしたような顔をして、榎本は隠れるように口元まで布団を引き上げ、その端からちろり、とにらんできた。

そんな拗《す》ねた顔もなかなか可愛い。

――と、そこに軽いノックの音が響いた。

「ほら、迎えだ」

布団の上から榎本の頭のあたりを軽くたたいて起きるようにうながし、巽は乱れた浴衣《ゆかた》を直しながら戸口へむかった。

「おはようございます」

ドアを開けると、立っていたのは真城《ましろ》だった。榎本の幼い頃からの友人で、現在の仕事上のパートナーでもある。すでにきっちりとしたスーツ姿だった。

「ああ…、おはよう」

穏やかに答えた巽に、真城も静かに微笑《ほほえ》んだまま尋ねてきた。

「朝食には降りられますか?」

今朝《けさ》はスタートの時間に合わせて、食事処《どころ》で朝食を頼んでいたのだ。

特に含みがあるような言葉ではなかったが、その眼差《まなざ》しがちらりと奥に向けられる。榎本の方は大丈夫か、と聞きたいようだった。

さすがにつきあいが長い分、寝起きが悪いのも知っているのだろう。……もちろん、今朝はそれだけではないことも。

「五分、待ってもらえるかな」

その答えに、わかりました、と真城がうなずく。

中へもどると、榎本はまだ布団をかぶって丸くなっていた。

小さくため息をついて、巽はスッと身をかがめる。

「さっさと起きないと、ユカリくんが迎えに来るぞ」

そう耳元でささやいてやると。

バッ…、と布団が跳《は》ね上がって、榎本が恨《うら》めしい顔を見せる。

どうやら真城や志岐《しき》あたりには平気なようだが——つきあいが長いせいか、年が同じせいか——ユカリにプライベートな顔を見せるのは苦手らしい。

巽は心の中でそっと微笑んだ……。

顔を洗って少しは目が覚めたようで、しかし他の人間がいるせいか、榎本はあえてなれなれしい様子を見せず、巽の少し前を歩いていた。

巽と榎本との関係を、おそらくかなり昔から真城は知っているはずだが、他のメンバーがどうなのか巽にはわからない。もっとも昨夜のアクシデントからすると、志岐とユカリはわかっているのだろうが。

榎本の横には部屋まで迎えに来てくれた真城が並んでいて、巽の後ろには延清《のぶきよ》がついている。昨夜のような危険があるとは思えないが、やはりガードという役目のためだろう。

今回、巽は正式に「エスコート」へ仕事として依頼しているわけだから。

「今日はどうする？　一緒にコースをまわるか？」

前で真城が榎本に尋ねている。

予定では昨日と同じ、志岐と真城と榎本、そして巽の四人でプレーすることにしていたのだが。

「まわれるわけないだろ」

それに素《そ》っ気《け》なく答えた榎本に、巽は思わず笑ってしまった。

ゴルフをやるような体調ではないのだろう。……無理もないが。そしてそれは、なかば自分の責任でもある。

ちろり、と肩越しににらんできた榎本に、巽はすっとぼけて視線をそらした。

「じゃあ…、ユカリでも入れるか」

軽く顎《あご》に手をやって、真城がつぶやいた。そして、いいですか、と軽くふり返って確認してきた真城に、巽は、かまわないよ、と微笑んで答えた。

ユカリはゴルフは素人《しろうと》のようだが、彼がいると明るくていい。素直で、好感の持てる青年だった。

「俺はクラブハウスで待ってるよ」

そう言った榎本に、真城がうなずいた。

と、食事処の手前のロビーへ足を踏み入れたところで、聞き覚えのある声が耳に届いてくる。

「……まったくおまえは」

あきれたような志岐の声だった。他のメンバーはすでに集まっていたらしい。

「もう少し落ち着いて状況判断をしろ。闇雲《やみくも》につっこめばいいというもんじゃないだろう」

「だってさぁ…」

いさめる志岐に、ユカリの不服そうな、情けなさそうな声が重なってくる。

「オーナーがあんな声、上げるなんて思うわけないじゃん～っ」

どうやらゆうべのことを志岐に叱《しか》られていたようだ。最中にユカリが部屋へ飛びこんできたことだろう。

前を行く榎本の足が、ぴたり、と止まった。真城が口元に手をあててぷっ、と吹き出し、榎本のこめかみのあたりがピクッと引きつるのがわかる。

やはり真城や志岐に冷やかされるのならともかく、年下のユカリにあからさまに言われるのは引っかかるらしい。

思わず巽もくっ…と喉《のど》を鳴らしてしまったのに、じろりと横目でにらみつけられる。

そして巽や真城に牽制《けんせい》するような視線を投げてから、榎本はそっと足を忍ばせるようにしてユカリの背後に近づいていった。

「知ってんなら初めから教えといてくれてもいいじゃんっ」

ぶーっ、とふくれたようにユカリがうなっている。

「そんなことをだな、俺の口から……」

むっつりとした顔で近づいていく榎本に、正面の志岐は気がついてハッと――むしろ、ヤバイ、という表情を見せた。が、ユカリにまったく気づいている様子はない。

「そういうつまらないことを言うのは…………」

ぴったりとユカリの背後に張りついた榎本は低くうめくと、後ろから思いきりユカリの唇を左右に引っ張った。

「この口かなぁぁ？」

ウギャ――――っっっ！　とユカリが雄叫《おたけ》びのような悲鳴を上げる。

「ひはい…ひはい…ひはいぃぃぃぃっっ！」

ユカリがバタバタと暴れて、ようやく榎本の手から逃げ出していく。

「なっ…何すんだよっ」

ふり返って涙目でわめいたユカリに、榎本がおもむろに腕を組んでむっつりと言い渡した。

「依頼人のプライバシーには立ち入らない。また職業上、うっかり知り得た情報は自分の胸に収めておく。そのくらいの配慮はしろよ」

「わっ…わかってるよ……！　けど……」

やはりまだとまどっているのか、榎本と、そしてあとから入っていった巽を見て、目が合った瞬間、あわてて、おはようございますっ、と頭を下げてくる。

「おはよう。待たせたね」

巽は目の前の寸劇《すんげき》などまったく気がついていないそぶりで、そして、ゆうべのことなどなかったかのようにゆったりと挨拶を返した。

榎本が、知られてもかまわない、という人間だけを連れてきているのだから問題はないのだろう。

実のところ、幼い頃からまわりに人の多かった巽にプライバシーはあまりなかった。それが息苦しく、都内にある家を出て大学時代から一人暮らしをしていたわけだが、今はまた、私生活のほとんどを秘書たちには知られているわけだ。

もっとも榎本とのことは口にしていなかったが、近い人間には勘づかれているのかもしれなかった。

朝食は、寝起きのせいか榎本にはつらそうだったが、他のメンバーはさすがにきれいに片づけていた。榎本の秘書だという律《りつ》にも、少し量が多いようだったが。

志岐と真城、そして延清の三人の食事のスピードは、どうやら「依頼人《クライアント》」である巽に合わせていたようで、さすがだな…、とちょっと感心する。同席する時のマナーの一つ、というわけだ。

食事のあと、いったん部屋にもどり、巽は帰りの荷物をまとめてコースに出る準備をしたが、榎本は二度寝の体勢で布団にもぐりこんでいた。

「またあとで」

そう声をかけて巽は部屋を出たが、榎本は返事をしなかった。

「いいんですか？　拗ねてますよ、あいつ」

踏み込みのあたりで用意を待っていた真城が、くすくすと笑いながら耳打ちしてくる。

せっかく恋人になった翌日だというのに、自分をほったらかしてうきうきとコースへ出かける巽に、さすがにむくれているらしい。

「マンションへ帰るまではどうせみんな一緒だからね。二人きりになれるわけじゃない」

巽はさらりと答えた。

それに、巽としてもこんなふうにまわりの目を気にせず、好きなゴルフに興《きょう》じられる機会など、そうはないのだ。一緒にまわるメンバーに気を遣《つか》う必要もなく、スコアにしてもなかなかいい勝負なだけにおもしろい。

廊下《ろうか》へ出て、待っていた志岐と合流してから、巽はふっと真城をふり返った。

「悪いが、君はあの子につきあってやってくれないかな。一人で待ってるんじゃ退屈だろう」

それにわずかに目を見開いてから、わかりました、と真城がうなずく。

ちらりと微笑んだその表情は、甘いな…、と言っているようだったが。

◇　◇

初めて巽が榎本に会ったのは、彼が十五歳の時だった。

十五歳になった、その誕生日に。

偶然だったが、その事実を巽は翌年まで知らなかった。確かに報告書では誕生日も目にしていたはずだったが、あまり気にとめていなかったのだ。

彼の通う中学校の校門の前で待ち伏せをして、声をかけた。

榎本自身が父親のことをどんなふうに聞いているのかわからなかったが、自分の境遇については理解をしているようだった。

父親のことで話がある、と言うと、警戒する様子を見せながらも、榎本は巽のマンションまでついてきた。

初対面では、おとなびた子供だな…、という印象だった。中学生とは思えない落ち着きは、小憎《こにく》たらしいくらいだ。

榎本は、自分が私生児だということは知っていたが、父親の名前や立場は巽に教えられて初めて知ったようだった。

そして、それを無視した。否定した、というわけでもなく。

どうして——この時、そんな気になったのか、巽にもわからない。

彼と話していて……十四歳も年下の、中学生と話していて、どうしてあれほどゾクゾクするような興奮を感じたのか。

彼との会話のテンポ…、受け答え。切り返し。

成績のよい子供だということはわかっていた。だからこそ、兄の側近《そっきん》たちにも目をつけられたわけだが。

だが榎本は、血のつながった父親に何かを頼るつもりはまったくないようだった。その財力にも、権力にも。

巽としては、もっと扱いやすい子供を想定していた。会ったことのない実の父親への思慕《しぼ》があればそれでもいいし、仮にいくばくかの恨みを持っていたにしても、兄の立場——はっきり言うと財産——を説明すれば、さして難しい交渉《こうしょう》になることもなく、門真の家に入れることはできるだろう、と。

タカをくくっていたのだ。

だがそれがあっさりと、ものの見事なくらいに打ち破られた新鮮な驚き。

成績がいいだけの優等生ならば話も通しやすいだろう、と、漠然と抱いていた榎本和佐という子供への巽の予想は、ものの見事に裏切られていた。

榎本の本当の頭のよさというのは、成績などという目に見える部分だけではなかった。

隙《すき》が、なかった。

……そう、ただ一点をのぞいては。

巽の予想が外れた時点で、巽と榎本とはおたがいの立場が対立することになってしまった。

そして巽は、その点を攻めた。

榎本の、入院中の母親だ。

もちろん人間的に褒《ほ》められたやり方ではなかっただろうが…、巽にしても生まれた時からこういう駆け引きの世界にいる。さして躊躇《ちゅうちょ》はなかった。

榎本は確かに頭のいい子供だったが、さすがに倍も年の違う男相手に立ち向かうにはまだ経験が足りないようだった。

小生意気な子供をたたきのめし、屈服《くっぷく》させるのは、ある種の、嗜虐《しぎゃく》的な快感——だったのかもしれない。

この時、巽が楽しくなかった、と言えばウソになる。榎本に指摘されたように、本当に悪い趣味だと思うが。

だがそれも、相手が彼だったからだろう。たたきのめしがいのない相手をたたいてもおもしろくはない。

当時、大学講師をしていた巽だったが、教え子との会話の何倍も、榎本と話している方がわくわくさせられた。榎本は大学生の、自分の教え子たちよりも遥かに頭の回転はいい。

予想を裏切られる楽しさ、というのだろうか。

生意気な、とは言えるだろうが、決して巽に対して虚勢を張ることはなく、自分の力で——それを信じて向かってくる態度。その表情。

年を忘れかけていた。自分の年も、榎本の年も。

欲しい——、と思った。

それは本当に、衝動的な感情だった。

実際、衝動買いみたいなものかな、とあの時、巽は自分で言った。今まで衝動買いなど一度もしたことはなかったのに。

こういうのを、はまった…、というのかもしれない。

国際政治学を学んで——教えていたが、自分が政治の世界に関わるつもりなど毛頭《もうとう》なかった。めんどくさいだけだとわかっていたから。

だがこの子の顔を見ながらならば、このまま日本にいて、政治家をやったとしても楽しいかもしれない、と思った。

ここで交渉が決裂して、このまま二度と会う機会がなくなることの方が残念に思えた。

そしてやはり——この泣かせがいのありそうな子供の泣き顔を見てみたいと思ってしまったから。

◇　　◇

「何を思い出し笑いなんかしているんですか？」

ちろりと横目でこちらを眺めた榎本が、むっつりと尋ねてきた。

箱根からの帰り道、車が都内へ入った頃だ。

帰りの運転は志岐がしていて、助手席にはユカリが入っていた。そしてリアシートの方に、巽と榎本だ。真城や延清たちは別の車になる。

榎本は箱根を出てから少しばかり不機嫌《ふきげん》だった。

ゆうべの今日でほったらかしてゴルフに行ったこともそうなのかもしれないが、巽がユカリとかなり意気投合したのが微妙《びみょう》に気に食わないようだった。

ユカリと榎本とはまったく正反対の性格で、そしてある意味、似たところもある。

榎本は自分の感情を表に出すことは苦手な方だが、ユカリは本当に素直に顔に出た。そしてそのことを、恐がらない。自分の気持ちが、他人に知られることを。

それがユカリの強さなのだろう、と思う。巽もだが、榎本も内心でそれをうらやましいと思っているはずだった。

一緒にいる人間に警戒心を持たせず、リラックスさせることができる。まっすぐ相手に向き合う。

それは信頼につながる。

ガードとしての技術以前に、人間としての。

いろいろと不器用なところはあるのだろうが、どんな人間でも長所と短所、得意不得意の分野はあるわけだから、そのへんは組むパートナーでうまく補い合っていけばいいわけだ。

彼はいいガードになるね…、と言った巽の評価自体に、榎本としても不満があるわけではないのだろう。

だが、そのあとうっかり、ユカリは性格も可愛いからね、とつけ足したのがまずかったらしい。

「どうせ俺は可愛くありませんからね」

と、ヘソを曲げてしまったのだ。

……もっとも半分は、そのふり、だけかもしれないが。

巽に対する、というよりは、他のメンバーへの照れ隠しのように。

だが巽にしてみれば、そんなところも可愛いと思うのだが。

前のシートでは、ユカリが運転している志岐に日本の渋滞事情について尋ねている。それに志岐も、対処の仕方などをポイントを押さえて説明していた。

そんなふたりを眺めながら巽は軽く榎本の方に身をよせると、そっと耳元にささやいた。

「君を最初に抱いた時のことを思い出していたんだよ」

ふっとこちらを向いた榎本が、嫌そうな顔をして巽をにらんできた。

そう…、初めて会ったその日に、巽は彼を抱いた。

やはり初めての感覚に腕の中でとまどう様子は年相応で、ずいぶんと可愛く感じたのを覚えている。

感じて——感じさせられて、達してしまったあとの悔《くや》しげな目。どういう顔を作ったらいいのか困ったような顔。

そんな表情の一つ一つが色褪《いろあ》せることなく、巽の記憶の中に残っていた。

◇　　　　◇

「今日から」

という、なかば挑戦的な巽の言葉に、彼は、いいですよ、とさらりと答えてみせた。

少なくとも表面上は、特にためらう様子もなく。

それでも寝室に入ると、少し表情が緊張していただろうか。

先に榎本を入れ、巽があとから入ってドアを閉めると、そのパタン…、という乾いた音に、彼の肩が小さく震えたのがわかった。

セミダブルのベッドの横に立ったままの榎本の前にゆっくりとまわりこみ、巽はじっと彼を見下ろした。

　中三としては普通くらいの体型なのだろうか。すんなりと瘦《や》せた手足だった。決してもろいとか、気弱そうなイメージではなかったが。

　それは意志の強い、鋭い眼差しのせいかもしれない。しっかりと自分の目の前にあるものを見すえようとするような。

　生まれた時から父親のいない環境では、やはり苦労することも、幼いなりに考えることも多かったのだろう。

「君は……男と寝たことがあるのか？」

　静かに尋ねながら、巽は彼の喉元からカッターのボタンを一つずつ、外していった。あえて時間をかけて、ゆっくりと。

「あるわけないでしょう」

　肩をすくめるようにして、榎本が答える。

　まあ、当然だろう。女の子との経験でさえ、まだない方が多い年代のはずだ。

「それにしては落ち着いているね」

　少し感心して、巽がつぶやく。

　初体験の時、自分はこれほど落ち着いていただろうか、と思い返してしまう。――しかもこの子の場合、自分が男に抱かれる、という特異な状況だ。

「おびえてみせる方がお好みですか？」

と、彼がわずかに首をかしげて尋ねてきた。

こんなふうにしゃあしゃあと言うところが少し小憎たらしい、というのだろうか。

「いや。君らしくて実にいい感じだ」

しかし巽は小さく笑って言った。

本当にわくわくする。こんな子供を相手に。もちろん、今までこれほど年下の人間を相手にしたことはなかった。女でも、だ。

ボタンを外したシャツを肩から引き下ろし、巽は指先でそっとむき出しになった身体の線をたどっていった。

喉元に触れた瞬間、ピクリ…、と肌が震える。

そう…、やはり口に出す言葉以上にカラダの方は素直なものらしい。

無意識にか、ギュッと目を閉じた榎本の表情を楽しく見つめながら、巽はさらに彼のベルトを外していった。

「君がベッドの上でどんな泣き顔を見せてくれるのか、楽しみだ」

耳元で、やわらかな耳たぶをそっとなめ上げるようにしてささやいてやる。

この生意気な口がどんな声を上げるのか。どんな言葉を口走るのか。

ハッと、一瞬目を開けた彼が、きつい目でにらんでくる。

「……本当に悪趣味だ」

うめくように言ったいくぶん悔しげなその表情が、小鳥の羽のように巽の心の中をくすぐってくる。

小さく笑って、巽はそっと彼の前髪を撫でた。

「まだ……今なら間に合うよ？　キャンセルしてもいい」

まだ、今なら。……多分。

わずかに息をつめるように巽は尋ねていた。

そんな巽を、榎本が何か見透かそうとするかのようにじっと見上げてくる。

そして静かに首をふった。

巽は知らず、長い息を吐き出していた。

「知らないよ？」

と、その言葉を、巽は自分に向かってつぶやいたような気がした。

この子を抱いたら自分がどうなるのか――。

計算できなかった。予測することもできなかった。これまでの自分の生き方の中で、未来を描けないことなどなかったのに。

今、自分がこの行動をすればその結果何が起きるのか。それを予測するのは難しいことではなかったはずなのに。

常に自分にとって最良の道を選んできたはずだった。

こんな……人生の賭《かけ》に出るような性格だとは、自分でも思ってはいなかった。

巽は榎本のズボンに手をかけると、下着ごと引き下ろす。

榎本がくっ…、と小さく唇をかんだ。上がりそうになった声を殺すためだったのだろうか。

人前で全裸《ぜんら》になるなど、そうあることではない。

「ベッドへ」

目の前で掛け布団をはがし、巽は静かに言った。あえて感情をまじえることもなく。

そっと息を吐き出して、彼がベッドに横たわる。顔を見られたくないのだろう、巽には背中を向けていた。

くっきりと骨の浮き出た、まだ成長途中の身体だ。

襟足《えりあし》にかかる髪を指先で弾《はじ》き、巽はうなじにそっと唇を落とす。彼が大きく息を吸いこんだのがわかった。

おびえてはいないにしても、やはり緊張はしているのだろう。

巽は彼の背中を見つめながら、自分のシャツを脱いだ。

この子は自分の身体で自分の生き方を決めたのだ。ひどくするつもりはなかったが、手加減するつもりもなかった。

自分のされていることを、自分のしていることを、自分で認識する必要がある。

「楽しませてもらおうか」

そんな言葉がこぼれ落ちていた。

テレビの悪役のように、ということではない。期待、だ。

夢中にさせてほしい、と思う。今まで感じたことのない、今まで自分が知らなかった新しい何かを見せてほしい――、と。

巽にしても、自分で決めていた自分の未来を代償に支払って手に入れる身体だ。

この身体と、この子の時間とを。

それだけの価値があるのだと、感じたはずだった。

「こっちを向いて」

いくぶん華奢《きゃしゃ》な背中を眺めながらベッドに身体を伸ばし、榎本の肩のラインを撫でながら静かに命じる。

彼は逆らわなかった。

ベッドの上で身じろぎして、ゆっくりと身体の向きを変える。

服を脱ぐ気配には気づいていたのだろうが、やはり上半身裸の巽に少し目を見張り、一瞬、視線を落とした。それでもすぐに顔を上げて、まっすぐに見つめ返してくる。

手を伸ばして巽は榎本の頬を撫で、そっとのしかかるように体重をかけてその身体を組み敷いた。

足をからめ、腰を押しつけるとおたがいの中心がこすれ合い、彼が小さく息を飲む。

「キスは?」

額《ひたい》にかかる前髪をかき上げながら少しからかうように尋ねると、榎本は首をふった。

「ファースト・キスか」

巽はわずかに目を細める。初々《ういうい》しい。

「プレミアですよ」

生意気な唇が、少し余裕《よゆう》をとりもどしたように小さく笑ってみせる。

「味が違うとは思えないけどね」

巽もとぼけたように言い返すと、指先で彼の唇を撫でた。少し乾いていたその唇を、舌先でそっとなめてやる。

そして、ふっ…、と驚いたように息を吸いこんだ隙に、顎を引きよせて唇を重ねた。

「ん…っ」

小さくうめいて反射的に反《そ》らせた身体を引きよせ、巽はさらに深く唇を味わった。

逃げるように動く舌をからめとり、甘く吸い上げてやる。

何度も何度も、角度を変えて攻め入って。この子の頭の中で、何が起こっているのかわからなくなるくらいに。

息が苦しそうで、飲みこみきれない唾液が唇の端からこぼれ落ちる。しかし彼はそれにも気づかないようだった。

顎から喉元へ伝い落ちた唾液《だえき》をなめとるようにして、巽は彼の肌に舌を這《は》わせていった。

「は…ぁ……」

唇を解放され、榎本が大きく息を吸いこむ。そして息を整えた頃になってようやく、自分がされていることを――これからされることを認識したようだった。

もっともセックス自体が初めてならば、自分のされていることにいろいろと考える余裕はないのかもしれないが。

巽は薄い胸を指先でたどり、指の腹にひっかかる小さな粒を強く押しつぶした。

「ん…っ…！」

わずかに胸を反らせて、榎本が声を殺す。

親指と人差し指で乳首をつまみ上げると、さらにこするようにして刺激してやった。そして痛いくらいにひねり上げてから、巽はその小さな芽を唇に含む。

「あ…ぁ…っ」

びくっ、と身体を痙攣《けいれん》させ、うわずった声が榎本の口から飛び出した。

それにかまわず、巽は固くとがらせた芯《しん》に唾液をからめるようにしてなめ上げ、先端に軽く歯を立てる。

触れていないもう片方の乳首も、ピンと立ち上がって愛撫《あいぶ》をねだっているようだった。

巽はいったん口を離し、濡れた乳首を指でなぞりながら、今度はもう片方に舌を伸ばした。

「ひ…っ、あぁぁ……っ！」

榎本が大きく身体をのけぞらし、ほとんど無意識にだろう、片方の腕で顔をおおっていた。

「感じる?」

くすくすと笑いながら、巽は彼の耳元で尋ねてやる。

荒い息をつき、拳《こぶし》を固めた腕を額に押しあてて、榎本が唇をかみしめたまま巽をにらんできた。

「別に悪いことじゃない」

さらりと言いながら、巽は手のひらをさらに下へとすべらせた。

脇腹から足の付け根、そして内腿《うちもも》へと。かなりきわどいラインを何度も行き来して、やわらかく撫で上げる。

胸への刺激だけで、榎本の中心はわずかに形を変え始めていた。中学生の、ようやくおとなになり始めたモノが、薄い陰りの隙間から顔を出している。

巽はそれを指先でスッ…と撫で上げた。

「あ…っ」

小さくあえいで、驚いたように榎本が腰を引く。

が、巽は強引に片足をつかんで引きよせると、左右に大きく開かせた。そしてその間に自分の身体をねじこんで閉じられないようにしてしまう。

「……やめ……っ!」

あられもない格好に、初めて榎本が抵抗を見せた。

巽は榎本の顔を隠していた腕を引きはがし、顎をつかむ。そしてじっと、上から自分の獲物《えもの》を見下ろした。

「君に抵抗する権利はないはずだが？」

薄く笑って指摘してやる。

それに榎本は荒い息を整えてから、かすれた声を押し出した。

「月に一度…、あなたは俺を自由にできる……。この日は……あなたの命令なら、何でも従います……。声を上げろというのなら、どんな恥ずかしい声を上げてもいい……。感じろというのなら、感じているふりをすることはできる」

その言葉に、巽はわずかに目をすがめた。

「あなたの好きに抱けばいい……。でも……実際に俺が感じるかどうかは別でしょう？」

本当に生意気な、挑発的な言葉だった。

確かに、それは正論かもしれなかったが。

「なるほど…」

と、巽はうなずいた。顎を撫で、そして唇だけで薄く笑う。

身体の奥から、何か熱い感情が湧いてくる。闘争心――にも似た。

「ふりをしてもらう必要はないよ」

そしてさらりと答えた。

「媚《こ》びてもらう必要などないからね。人形が欲しいわけじゃない。上げたくなければ声を出さなくてもいいし、君の好きなように動いてかまわない」

巽のその言葉に、榎本が何か探るようにじっと見上げてくる。

「……君の好きなように。君の意志で、ね」

くり返して、巽は意味ありげに笑った。

「ただ君は、私のすることをすべて受け入れなければならない。それが交換条件だったはずだ」

ゴクリ、と榎本が唾を飲んだのがわかる。

何をされるのか、という恐怖――というよりも、覚悟と意地が、巽をじっと見上げた表情をかすめていく。

「何もひどいことをするつもりはないよ」

優しげに、なだめるように言いながら、巽は榎本の喉元から胸、そして身体の中心まで、一直線にすっ…と指先でたどっていった。

榎本が小さく息を吸いこむ。

巽は榎本の身体を囲いこむようにして両腕をつき、静かに顔を近づけた。

さっきのように力で押さえこむことはせず、ただ確かめるように、その目をじっとのぞきこんだだけで。

唇が触れ合う直前で榎本は目を閉じて、おとなしくキスを受け入れる。

二度目は、彼も少し慣れたようだった。

優しく、与えるようなキス——。

髪を撫でながら何度も唇を重ね、味わってから、肌をついばんでいく。あおるような愛撫ではなく、ただ軽いキスだけをくり返す。

だがそれは確実に下肢へと移動していた。

「何か…、俺がするのなら……」

何を命じられるでもなく、ただされるままになっていることが、不安なのかもしれない。

キスだけを与えられ、こらえきれなくなったように榎本が尋ねてくる。

「何もしなくていい。私の好きにさせてもらうからね」

しかし巽は無慈悲《むじひ》に返しただけだった。

「く……」

そして膝《ひざ》に手をかけると、目の前で恥ずかしいくらいに大きく足を開かせる。下肢がさらけ出される格好に、瞬間、息を吸いこんで、しかし榎本は抵抗はしなかった。

それでも、わずかに赤く頬が色づいている。

内腿に指を這わせ、その中心をそっと持ち上げると、唇を近づけて、巽はそこにも優しいキスを落とした。

あっ…、と榎本がうろたえたような声を上げる。

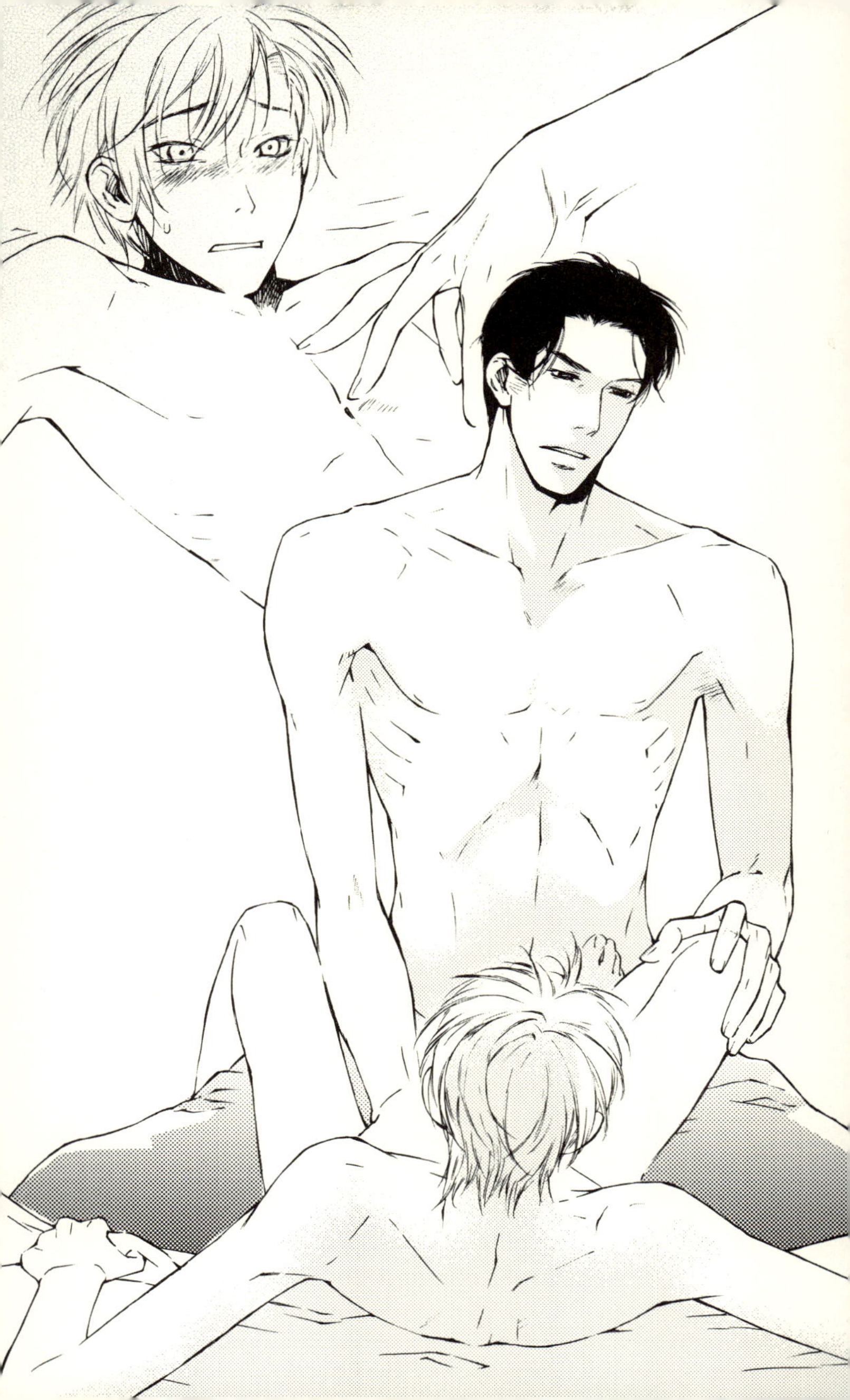

それを合図のように、巽はそれを口に含んだ。

「な…っ、――あぁぁぁ……っ！」

唇できつく榎本のモノをしごき、口の中で舌を使ってたっぷりとしゃぶり上げてやる。

腰を跳ね上げるようにして、榎本は身をよじった。両手が股間《こかん》に顔を埋める男の髪につかみかかり、引きはがそうとする。

しかしそれも、巽が巧《たく》みに舌を這わせ、先端を軽く吸い上げてやると、一気に力を失っていた。

「ん…っ、ふ…っ…、…う……」

ただがくがく…と腰を揺すり、声を抑えようとする。

巽がいったん口を離した時には、榎本のモノは固く張りつめ、先端からは切なげに先走りをこぼしていた。

「あぁ…っ！　あ…っ…、い…っ…」

それを指先でぬぐい、こすりつけるようにしてしごいてやると、さらに大きく身をよじる。

「いい声だ」

その姿を見つめながら、巽は意地悪く榎本の耳元でささやいた。

腰をビクビクと揺らせながら、榎本が悔しそうな目でにらんでくる。だが逃げることはできず……身体に与えられる快感をかわすこともできずに、ただ闇雲に手を伸ばして、榎本が巽の腕につかみかかってきた。

爪が皮膚《ひふ》に食いこんでくる、その痛みも心地よい。

そんな必死の様子が楽しくて。可愛くて……心を浮き立たせる。

本当に、自分がこれほど悪趣味だとは思ってもみなかったのに。

今まで誰かと身体を合わせた時でも、セックス自体を楽しむというより、生理的な欲求を満たすだけだった。

巽はなかばもてあそぶように手の中で榎本のモノをしごきながら、もう一度顔を伏せて、今度はその下の丸いふくらみを口に含んだ。

「——んん…っ！」

榎本がこらえきれないように腰をよじったが、かまわず舌と唇でたっぷりと球を濡らしてから、指で丹念《たんねん》にもみしだく。

両方の手で交互に下肢を攻め立てながら、巽はじっと榎本の表情を見つめた。

きつく目を閉じたまま唇をかみしめ、しかしこらえきれないあえぎが薄い唇からこぼれ落ちる。

「顔は隠さないで。見せてごらん」

無意識にか、榎本の腕が上がって顔をおおったのに、巽はぐっ…、と茎を握る手に力をこめて静かに命じた。

ハッとしたように榎本が目を開け、「交換条件」の内容を履行しようという意志——というよりも意地があるのだろう。強張《こわば》る手を必死にベッドへもどして、力のこもった指が何かにすがるようにシーツを握りしめた。

　こらえきれない快感に小刻みに腰を揺すり、赤い舌が何度も唇をなめる。巽の手の中で、感じやすい少年のモノが淫《みだ》らに先端から滴《しずく》をこぼしながら固く張りつめていく。

　熱い目でその様子を見つめながら、巽は彼の中心に再び舌を這わせた。根本からくびれをたどり、先端の小さな穴をくすぐり、軽く吸い上げてやる。

「あ…っ、あぁ…っ、あぁぁ……っ！」

　すでに声を殺すこともできずに、榎本が大きくあえいだ。

　他人の手で……口でされることが初めてならば、その強烈な刺激にほとんど限界に近いのだろう。榎本のモノは今にも弾けそうなほど、手の中で熱く高まっている。

「一度出しておくか？」

　くすくすと笑いながら尋ねてやると、榎本は不規則な息を吐き出しながら、涙目で巽をにらんできた。

　その表情にゾクゾクするような快感を覚えてしまう。

　もっと――いじめてみたくて。

　この子の限界まで追いつめられた時の顔を見てみたくて。声が聞きたくて。

「どうする？　君が決めなさい」

　イキたくて、もうどうしようもないのはもちろんわかっていたが、巽は意地悪く、わざと尋ねてやる。

　尋ねれば、答えなければならないから。

そうしながらも手は休めずに、強弱をつけて、しかし達してしまわない加減でじらし続けた。

「は…あぁぁ…っ！　あぁっ…！」

くしゃっ、と泣きそうに顔をゆがめて、榎本が腰をふり乱す。

「イキたいの？」

巽はねっとりと耳元でささやいた。

この年の男の子が他人の見ている前で射精することなどないだろうし、まして他人の手でこんなふうにいかされるなど、今まで想像もしなかったはずだ。

だがどれだけ恥ずかしく、抵抗感があることだったとしても、思春期の身体の欲求に勝てるはずもなかった。

「出…させて……っ」

とうとう、あえぐように榎本が訴えてくる。

「素直だな」

巽は唇で笑って、そしてじっと榎本の表情を見つめたまま、手の中で猛《たけ》っているモノを強くこすり上げてやった。

「――あぁぁぁ……っ！」

ガクガクと腰を揺らし、榎本は細い身体をいっぱいに突っ張らせる。白いシーツの上で、少年の身体が泳ぐように大きくよじれた。

そして瞬《まばた》きもせずに見つめる視界の中で、巽の手に操《あやつ》られるまま、あっという間に榎本は達していた。

ねじが外れたように細い身体がくずれ落ち、べっとりと白いものが巽の手を汚す。

荒い息遣いと、大きく上下する胸がずいぶんと幼く、愛しく思える。

巽が平然とした顔のまま、枕元のティッシュで精液をふきとり、手首に散っていた残りを舌でなめとるのを、じっと榎本が見つめていた。

なかば呆然とした表情のまま。

どれだけおとなびた子供でも、性に関してはどうやら年相応のようだ。それと比べれば、巽は中学生の子供よりもずっと経験も余裕もある、いいおとなだった。

そう…、もちろんこれで終わりではない。実際、ほんの始まりにすぎないのだ。

巽は手を伸ばして、指の背でそっと汗に濡れた額を撫でてやる。

そしてわずかに身をかがめ、耳元に言葉を落とした。

「大丈夫かい？　まだこれからだよ」

榎本がハッと息を飲む。

巽に気遣われるのも悔しいだろうが、この先の展開も彼にとってうれしいかどうか。

――もちろん、悦《よろこ》ばせてやるつもりだったが。やめるつもりもない。

すでに巽の中でも覚えのある熱がこもり始めていた。

巽は投げ出されたままだった榎本の足を引きよせると、腰をわずかに浮かせるようにして膝の上に抱き上げた。

「な…に…っ？」

あせったように榎本がうめいたが、巽は鼻で笑った。

「どうしようと私の自由なんだろう？」

優しげに、残酷《ざんこく》な言葉をささやきながら。

するり、と目の前のおとなしくなった榎本の中心を撫で上げる。ビクッと引きかけた腰をつかまえて、巽は彼の足を深く折り曲げた。

中心だけが大きく目の前にさらけ出されて、榎本がたまらず顔を背《そむ》ける。

その横顔に微笑んで、巽はそっと身をかがめた。

口の中で再び中心を育ててやる。今度は激しく唇を使うことはなく、ただ舌でなめ上げていく。

「……あ…っ…」

榎本は必死に唇をかんで声を殺すが、巽の口の中で彼のモノは熱く脈打っていった。

形を変えたそれから口を離して、指先で腰を割り開く。細い道筋をあらわにすると、舌先でさらに奥までたどっていった。

「そんなとこ……っ」

あせったように低くうめき、彼の呼吸がだんだんと荒く乱れてくる。

逃れようと力のこもる足を押さえこみ、巽は隠された一番深いところまで暴《あば》き立てた。

「ふ…、あ…あぁ…っ！」

固く閉じた入り口を探るように舌先でつっつくと、とたんに腰を引こうとする。

「やめるのか？」

しかし静かに尋ねてやると、ぴたっとその動きが止まった。

夕闇が影を作り始めた寝室の中に、彼の息遣いだけが聞こえてくる。

しばらく待って、抵抗がなくなったのを確かめてから、巽はそこに再び舌を這わせた。

細かな襞《ひだ》に唾液をからめるようにしてなめ上げ、指先で押し開いて、さらに奥へ舌を差しこんでいく。

「……う…っ、あ……」

榎本の息づかいがさらに熱くなってくる。

唾液がしたたり落ちるくらいに愛撫を続けてから、ようやく巽は顔を上げた。

榎本は固く目をつぶったまま、必死にこらえている。羞恥《しゅうち》をか、快感をなのか、わからなかったけれど。

巽の目の前で榎本のモノは再び固く反り返し、先端からは小さな蜜《みつ》をこぼしている。

「後ろも気持ちがいいようだね」

小さく笑って、巽はそれを指先で弾いてやった。

「あぁぁぁ……っ！」

榎本が大きく身体を跳ね上げる。

その腰を引きよせ、後ろの入り口へ指を押しあてると、唾液に濡れた襞をかき分けるようにして中へ差し入れた。

「あぁ…っ、…ん……っ！」

軽く指をもぐりこませると、熱を持った中がとたんにぎゅっと締めつけてくる。巽は馴染《なじ》ませるようにゆっくりと指を沈めていった。

榎本が唇を薄く開き、喉をのけぞらせて、その衝撃に耐えている。

その表情が、何か好きな絵画でも見た時の感動にも似て、胸に沁《し》みこんでくる。

巽はいったん根本まで埋めてしまった指を再び引き抜き、ヒクヒクとうごめく襞をめくり上げるように指先でいじってやった。

そしてからかうようにそこに軽くキスを落とすと、今度は二本そろえて指を押し入れる。折り曲げた指先で中をかきまわし、彼の一番弱いところを探っていく。

そのポイントを見つけ出すことは難しくなかった。

「あっ、あっ……あぁっ……！　そこ……！」

ものすごい勢いで腰を跳ね上げ、食いしばった歯の間から榎本がうめいた。

反射的に逃げ出した腰を押さえこみ、巽はその部分を指先でひっかくようにして刺激してやる。

「ひ…ぁ…っ、あぁ…っ、あぁぁ……っ！」

すでに何を隠す余裕もなく、榎本は腰をふりまわし、声を上げ続けた。

巽は無造作に指で中をかき乱し、何度も出し入れをくり返す。

天を指すように立ち上がった前が触れられないままに先端から次々と蜜を溢れさせ、愛撫をねだるように小刻みに震えている。

「君はなかなか筋がよさそうだな」

低く笑って言ったのは、なかば嫌《いや》がらせのような言葉だったが、彼の耳にはほとんど入っていないだろう。

すでに息も絶え絶えの様子に、巽はいったん後ろをなぶる指を引き抜いた。そして、前にそっと手を伸ばしてやる。

触れた瞬間、我《われ》に返るようにビクッ…と榎本が身体を痙攣させる。

「……やっ…、いやだ……っ」

そしてとっさに身をよじって、うつぶせになろうとした。

「ダメだ。顔をちゃんと見せなさい」

が、巽は許さず、厳しくそう命じる。だがその言葉を、榎本はすでに理性で聞く余裕はないようだった。

巽は、顔を隠そうと上がった榎本の手をつかんでシーツに縫いとめる。

「困った子だな…。顔を見せてくれないと意味がないだろう？」

意地悪く言いながら、優しく頬を撫でてやる。

榎本の顔は、すでに涙でぐしゃぐしゃになっていた。意地を張り通すだけの気力もつきたらしい。

ひどく幼くて……、可愛かった。

くすくすと笑いながら巽は身をかがめると、指先でやわらかい前髪を撫で、涙に濡れた唇にそっとキスを落とす。

「いいよ。うつぶせになって」

こめかみから耳たぶ、そして耳の下を舌先でなぞりながら、巽はそっとささやいた。

一瞬、巽を見上げた榎本が、小さくしゃくり上げながらもぞもぞと身体を動かし、枕に顔を埋めるようにして顔を隠す。

巽は彼の肩からうなじへと唇をすべらせた。骨っぽい背筋にそってキスを落としていく。そして腰のくぼみに行き着くと、前に手をまわして腰を引きよせ、高くかかげさせる。

ハッと、榎本が息を飲んだ気配がした。

何をされるのか――、予想はつくのだろう。

わずかに身をすくませ、だがぎゅっと両手が枕をつかんだだけで、抵抗はしなかった。あきらめ、というよりも、やはり意地なのだろう。

巽はファスナーを下ろし、自分の前を開いた。そのかすかな音が、二人きりの室内にずいぶんと大きく響く。

あらわになった自分のモノも、すでに固く形を変えている。ズキズキと痛いくらいだった。

早く……この子が欲しくて。自分のものにしたくて。

熱を、感じたくて――。

「あ……」

さっきまで指でなぶっていた部分に押しあてると、熱くうるんだ襞がいっせいにうごめいて、巽の先端を飲みこもうとする。

それでも指とは大きさが違っていた。

「力を抜いて」

背中から声をかけて、巽は強張った彼の背中をそっと撫でてやる。

そして覚悟を決めたように、ふっ…と力が抜けた瞬間、ぐっ…、と深く押し入れる。

瞬間、低い声が自分の口からこぼれ落ちた。

ものすごい力で締めつけられる。その圧迫感と熱と……そして快感に、巽自身、溺《おぼ》れそうだった。

細い腰を引きよせ、ゆっくりと奥まで埋めていく。

そして最後まで入れてしまうと、しばらく動かないままその大きさに馴染ませ、それから少しずつ抜き差しをくり返す。

「あ…、ああ……っ」

揺すり上げるたび、榎本が高い声をほとばしらせた。

腕の中に抱きしめる高い体温が、次第に巽の身体の中にも沁みこんでくる。

「感じる……？」

小刻みに突き上げながら、背中からうなじに頬をすりよせるようにして巽は尋ねた。

榎本はぎこちなく首をふっただけだったが、前にまわした手のひらの下で、彼の胸が激しく鼓動《こどう》しているのがわかる。

「あ…っ…、ん……」

わずかに汗ばんだ胸を撫で、乳首を指で押しつぶしてやると、榎本が低くうめいて身をよじった。

ぎゅっと、つながった部分が締めつけられる。

「とても……いいよ」

そっと息を吐き出し、巽はかすれた声でささやいた。

耳元に吹きこんだその言葉にも、彼の反応は素直に身体に表れる。前にまわした手の中で、榎本の中心も熱く高ぶっていた。

少しずつ腰を動かす速度を速くすると、さらに熱く榎本の中が巽のモノにからみついてくる。

その抵抗を楽しむように、巽はだんだんと激しく突き上げた。

「あぁ…っ、あぁっ……！　あぁぁ……っ！」

彼の上げるせっぱつまった声が耳に心地よい。

快感だけが溢れてくる。身体の中にも、心の中にも。

「も…う……、――あぁぁ……っ、もう……許し……」

いつの間にか、彼の方から腰を押しつけるように揺すりながらねだってくる。反り返した前からも、ポタポタと先走りをこぼしていた。

「いいよ。いきなさい」

穏やかな調子で言いながら、自分もほとんど限界だった。声がかすれてしまっている。

榎本の腰を押さえつけると、巽は自分の腰を大きくまわし、だんだんと深く打ちつけていく。

おたがいの呼吸が、あえぎ声が、からみ合うように次第に荒く、熱く追い立てられた。密着した身体の熱が溶け合って、一つに結びついていく。同じ頂点を目指して駆け上る。

相手が子供だということも、自分の実の甥だという事実も、この時、巽の頭の中にはすでになかった。

ただ夢中になって、腕の中の熱をむさぼった。

そして、何度目か――。

一番奥まで突き上げた瞬間、高い声を上げて榎本が達していた。それとほとんど同時に、巽も彼の中に自分の熱を吐き出す。

弛緩《しかん》して、ベッドにくずれ落ちた榎本の背中に自分の身体を重ね、巽は気だるい両腕を伸ばして熱い肢体を胸に引きよせた。

汗ばんだ細い身体が、巽の腕にぐったりと抱かれたまま大きく息を弾ませる。

少し息を整えてからそっと身体を離すと、入ったままだった巽のモノがずるりと抜け落ち、榎本が小さなあえぎ声をもらす。

「こっちを向いて」

そのうなじにそっとキスを落とすと、巽は耳元で命じた。

ビクッ…、と肩を震わせて、しかし榎本はそっと身じろぎしてから、身体をまわしてきた。

さすがに視線が落ち着かなかったが、それでも巽を見上げてくる。

巽は腕枕をするように腕を伸ばすと、そのまま腕の中に彼の身体を引きよせる。

「あ…」

少しとまどったような表情を見せた榎本だったが、そのままそっと巽の胸に額をつけてきた。

その脇の下から背中へ腕をまわすと、巽は腕の中の存在を確かめるように抱きしめる。耳に届く少し早い胸の鼓動が、自分のものなのかこの子のものなのか――、わからなくなっていた。

何かくすぐったいように胸が温かく、少し苦しかった。

結局、そのまま榎本は巽の腕の中で眠りに落ちていた。

暗闇の中で、穏やかな寝息だけが耳に届く。

静かな、温かい……なぜか心地よい時間、空間だった。

巽は無意識のうちに榎本の髪を撫でていた。飽きることなく、ずっと。

不思議な感覚だった。

この子と会って、この子を抱いたことが、まるで遠い夢の中のことのようにも思える。

馬鹿げた約束をした――、と思う自分がいる。そして同時に、そのことをまったく後悔していない自分もいる。

——どうなるのだろう……？

と、暗闇の中で、やわらかい体温を腕に抱いたまま、巽はぼんやりと思っていた。

不安ということではない。

この子と、自分とはどうなるのだろう、と。どこへ向かっていくのだろう——、と。

その感覚は、物語の続きを待つようなドキドキする楽しみと似ていた。

実際、ひどくおとなびて、可愛げがなく、生意気な——という最初の印象は、確かに間違ったものではなかったが、しかしそれは彼に会うごとに少しずつ変わっていった。

毎月、一日だけ会って。

そして必ず、巽は彼を抱いた。

もちろん榎本にとっては、抱かれる——という経験は、初めてだったはずだ。女の子相手はどうだかわからないが、自分が初めての男だ、という感覚は、やはりうれしいものがある。

たった一人の、にはならないかもしれないが。

巽も、この年までにはそれなりのつきあいはあった。女性でも、そして同性の教え子に誘われて、つきあったこともある。

ただ、本気になるようなことはなかった。両親にしても、兄にしても、まわりがそうだったせいか、愛し合って結婚するなどということは、巽にとってはほとんど概念《がいねん》だけだった。

近づいてくる人間にも、やはり打算《ださん》が見えていたから。

恋愛という感覚すらなかったかもしれない。結婚は、必要な人間とするものだった。

つきあうだけの相手ならば、基本的には誰でもよかったのだ。

あの子は、いったい何が違っていたのだろう……?

あとになって、何度も考えた。

自分の未来を変えるほどの、ずっと敬遠してきた政治家という仕事を引き受けるほどのいったい何が、あの子にあったのだろう——、と。

『衝動買いはあとになって失敗した、と思うケースがほとんどですよ?』

と、あの時、榎本は言った。

ある意味、彼の方が理性的だったかもしれない。

だが巽はこの時の自分の決断を後悔したことはなかった。

自分が思っていた以上に、政治家という仕事がおもしろかった……自分に向いていたせいかもしれない。

毎月五日という一日を、いつしか巽は心待ちにするようになっていた。あの子と会える一日がとても貴重なものに思えた。

……榎本にとって、どうなのかはわからなかったけれど。

「君を最初に抱いた時のことを思い出していたんだよ」

耳元でいたずらっぽく吹きこんでやると、榎本がわずかに首を曲げて巽をにらんできた。

巽はすっとぼけるように視線をそらす。それでも口元が自然とゆるんでしまった。友人や部下の前でとりつくろおうとする榎本の様子を眺めるのは新鮮で、悪くない感じだ。

しかし榎本は、それでやりこめられるような可愛い性格ではなかった。

「そういえば、初めてあなたとセックスした時にはいろんな体位をさせられましたからね」

無表情なまま、何気なく足を組み替えながらさらりと言い返してくる。

特に声を低くすることもなく、淡々《たんたん》と。いや、わずかに大きめの声だったかもしれない。……もちろん、意識的に、だ。

巽だけでなく、前の二人の耳にもしっかりと入るくらい。

さすがに巽は派手な咳払《せきばら》いをして視線を漂《ただよ》わせた。

前のシートで何か話していた志岐とユカリの会話が、一瞬、ピタリ…、と止まる。

その微妙な空気の中で、榎本がさらに冷ややかにつけ足した。

◇　　◇

「初体験の十五歳の中学生を相手に、良識ある二十九歳の大学講師がずいぶんといやらしいことを仕掛けてきましたよねえ」

その逆襲に巽はさらに激しく咳きこみ、フロントシートは凍りついた。

「……だっ…だから渋滞になった時のためにやっぱ抜け道は知っとかないとなっ」

「そ、そうだな。カーナビがあるとはいえ、とっさの判断にはそういう知識も必要だな」

とってつけたようにユカリがうわずった声を上げ、志岐もいくぶんあわてたように同調する。

後ろの会話などまったく耳に入っていませんっ、と主張するみたいに。

この年になって旧悪を暴かれるのは、さすがに体裁《ていさい》のいいものではない。……まあ、榎本の人の悪さは今に始まったことではないが。

巽は嘆息《たんそく》して、やれやれ…、と隣《となり》の榎本の横顔を盗み見た。

素っ気なく窓の外を眺めている男の、つん、と拗ねた——フリの表情はあまり昔と変わっていない。

実際、巽の目には、初めて会った中三の頃と、榎本は本質的に何も変わってはいなかった。あの頃のまま成長しただけで。

それとも、その成長を腕の中で間近に見てきたからそう感じるだけなのか。

初対面であれほど巽の興味を引いた人間はそれまでいなかった。その時はまだ、恋愛感情とはいえなかったはずだが。

この子を見る目が変わったのはいつからだろう……？

ふっと、巽は思い返す。

十四も年下の、子供相手に。実の、血のつながった甥を相手に、だ。

友人たちの誰と話すよりも楽しかった。会うたびにもっと知りたくなり、……もっと欲しくなった。

身体だけでは満足できなくなった、ということだろうか。

この子の身体の代償として支払った自分の未来は、確かにめんどくさく、大変なものになったが、それすらも苦にならないほど、毎月会えるのが楽しみだった。

あれは、榎本が高校二年の終わりだっただろうか。

昨日までの、この十七年の中で一度だけ、五日以外の日に榎本と会ったことがある。

彼の母親が亡くなった時だった。

入院していたことも、容態《ようだい》が悪化しているのも知っていた。だが自分に何ができるということもなく、巽はその日、夜遅くに突然マンションへやってきた榎本の言葉でその事実を告げられた。

他に知らせるような場所もなかったのだろう。

だが巽は、彼が自分のもとに来てくれたのがひどくうれしかった。榎本にとっては、人生で一番つらいはずの日にそばにいてやれることが。

いつもの気丈《きじょう》さも生意気さも影をひそめ、この夜の彼は年相応の、小さく震えている子供だった。

たった一人の家族だった母親を失った、一人の子供——。

雨に濡れたその時の小さな姿が、今もまぶたに残っている。

ずっと守ってやりたい、と思った。

兄が手放したのならば、自分が。自分の手で。

この時、正直、巽は恐かった。

榎本が本来、不本意なはずの今の自分との関係を受け入れたのは、ただ一点――彼の母親のことがあったからだ。病気の母のもとを離れられないから。心配をかけるわけにはいかないから。

もし榎本が身軽な身体だったら、あんな理不尽《りふじん》な契約を受けるはずもない。

そしてこの日の榎本ならば、すべてを投げ出すことも可能だった。

自分たちの関係はここで終わりなのだ――、と。

そう口にされるのを、無意識に恐れていた。

だが榎本は、自分たちの関係には何一つ、触れなかった。

あの時、二人の間に出た契約の解除事項は別だったから、だろうか。

『これ以上、君を抱いてもつまらないと思うようになったら、その時は解放してあげるよ』

と、巽はそう言った。

それを守るつもりだったのかもしれない。一度かわした約束だから、自分の方の環境が変わったとしてもそれは関係ないのだ、と。

そして巽も、卑怯《ひきょう》だとわかっていたが、あえてそのことを口にはしなかった。

彼を手放したくなかったから。

自分たちの関係は、ずっと続いてきた。何も変わらずに。

高校を卒業し、大学へ進学した榎本は、在学中、長期や短期の留学を何度かしていた。

留学の話を聞いた時には、彼のためにはいい勉強なんだろうな…、と賛成したものの、少し失望も感じていた。

ではその間は会えないんだな…、と。ただでさえ、月に一度しか会えなかったのに。

だが榎本はあっさりと言った。

「約束はちゃんと守りますよ」

と。

言葉通り、毎月五日、どこにいても榎本は帰ってきた。比較的近いアジアからはもちろん、アメリカやヨーロッパからでも。オーストラリアからでも。

五日に会う——、ということは、榎本にとってほとんど意地にもなっていたようで、成田《なりた》の空港ホテルで会って、ほとんどとんぼ返りのような時もあった。

そんな榎本に苦笑しながら、だったら旅費を出そう、と巽は言ったこともあったが、彼が受けとることはなかった。海外で手配したチケットとはいえ、学生の身では結構な出費《しゅっぴ》だったはずだが。

だから偶然のような予定を作って、巽の方から彼のいるところへ会いに行ったこともある。

それは毎月、一日だけの、特別な日だった。

この日だけは、おたがいがおたがいのものだった。

だがそれ以外の日を誰とどう過ごしているのか、二人とも口をはさむことはなかった。暗黙《あんもく》のうちに、それは「ルール違反」だったから。

十七年――。

榎本は十五歳の少年から三十二歳のおとなになった。

巽との関係はかなり特殊なつきあいだが、他にちゃんとしたつきあいがなかったなどということはあり得ない。

思春期に可愛い恋愛をしたこともあっただろうし、交際もしていただろう。大学生になって遊ぶ範囲も増え、交友関係も広がったはずだ。

会社を興した頃はかなりいそがしく飛びまわってもいたようだが、いい年になって「おとなのつきあい」もあったようだった。

榎本が二十七、八の頃だっただろうか。

一度、彼のスーツのポケットにイヤリングが片方だけ、まぎれこんでいたことがあった。いや、まぎれこむというより、どうやらそれはわざと入れられたもののようだった。

その時、榎本がつきあっていた女のものなのだろう。

いつものように巽の部屋に来て――スーツを脱いだ時にそれがカーペットに転がり落ちたのを、巽が拾い上げてやった。

それは、正直、巽にとっても衝撃だった。理性ではわかっていたが、榎本に自分以外の影を感じたのは初めてだったから。

他に、この子の身体を知っている人間がいるのだ——、と。

どろりと、胸の奥に黒いものがわだかまるのを感じた。嫉妬《しっと》、だったのだろう。

生まれて初めての感情だった。

「……彼女のかな?」

一瞬の怒《いか》りをやり過ごし、それでもからかうように笑って、巽は榎本の手のひらにそれをのせてやることができた。

何でもない、あたりまえのことだと……、ずっとおとなの余裕で。

その時榎本は、わずかに顔をしかめた。あからさまに見せた不機嫌な表情だった。巽に、ではなく、その相手の女に、のようだったが。

つまらないことを…、と低くつぶやき、そっとため息をつく。そして肩をすくめて、榎本は手の上のイヤリングをもてあそびながらさらりと言った。

「まだ若いんですけどね。早く結婚したいらしくて…、俺が何も言わないのは他に女でもいるんじゃないかと疑ってるみたいですね」

つまり、これはその女の恋敵《こいがたき》への牽制でもあり、宣戦布告《せんせんふこく》のつもりでもあったのだろう。自分の存在をはっきりと示して。

——榎本は自分のものだから手を出すな、というアピール。毒々しいまでの所有欲。

嫌悪《けんお》を覚えると同時に、巽は自分にもその同じ気持ちがあることに気がついていた。自分の腕の中であえいで乱れるこの男の姿を見せてやりたい――、と思う。他の誰にも、あんな顔をさせることはできないはずだ、と。

何も知らない無垢な身体に、一から自分が教えこんだのだから。

「……まあ、君だってそろそろ結婚を考えてもいい年だからね」

それでも張りついたような笑顔を作ったまま、喉の奥のざらついたものを飲み下し、巽は何気なく口にする。

自分で言い出しながら、鼓動が少し速くなっていた。

榎本が誰かと結婚するつもりなら……したいと思っているのなら、自分たちのこんな不自然な関係はどうにかしなければならない、と、わかっていたから。

巽は、榎本の人生をめちゃくちゃにするつもりはなかった。

幸せに、なってほしいと思っていた。……こんな関係を強要しておきながら、だが。

「ご心配なく。結婚はしませんよ」

しかし口元で笑って、榎本はさらりと言った。一度放り投げたイヤリングを手の中で受け止め、無造作にポケットにしまいながら。

あっさりと、しかしはっきりと言われた言葉に、一瞬、巽は口をつぐむ。そしていくぶんうかがうように尋ねた。

「それは君の両親のせいかな？」

自分の家庭環境を考えると、結婚に夢を持てないのも無理はなかったが。

榎本はわずかに考えるように首をかしげてから、ふっと視線を上げ、小さく笑った。

「多分…、あなたのせいでしょうね」

それがどういう意味なのか。

抱かれることに慣れてしまったから、なのか。女性を相手にすることができなくなったという意味か、あるいは……自分が男とつきあってきたという事実を、相手の女性に告《つ》げることができないから、ということなのか。

それとも——？

うぬぼれ、だろうか。都合のいい期待だろうか。

自分のせいで結婚しない、という言葉を、そのままの意味に受けとってしまいたいのは。

今のこの関係が心地よく、壊したくなかった。

あんなふうに榎本の弱みにつけこんで、なかば脅《おど》すように始めた関係だったが、それでも彼が自分にある種の好意を持っていることは感じていた。決して自分が彼に恨まれているとか、憎まれているとは思っていなかったが、しかしそれが、榎本にとって特別なものなのかどうかはわからない。

榎本は、いつでもきっちりと自分のスタンスを守っていた。

二人の間にあるのは血のつながりではなく、あの時の契約だった。

たまたま気が合って、気楽な身体の関係を続けてこられたからといって、それは恋愛と呼べるものとは違う。

多分…、身体の相性がよかったからこそ、かえって区別がつかなかった。

解放してあげるよ——、と自分は言ったはずだった。正直、十七年も拘束《こうそく》するつもりなどなかったのだ。

榎本に飽きることはなかったが、三十も越えた男をいつまで縛りつけておくのが間違っていることは、さすがに理性でわかっていた。

すでに彼の人生の半分以上に、自分は干渉してきたのだ。

手放したくなくて……ずるずると来てしまっていた。

有力な政治家から舞いこんできた見合いの話は、気持ちの上で乗り気にはなれなかったが、仕事の上から見れば申し分なかった。

もちろんまわりからは勧められたし、実際、巽が断ることなど考えてもいないように盛り上がっていた。近く行われる総裁選をにらんで、そのあとの巽の入閣《にゅうかく》まですでに決まったかのような心づもりでいる者も多い。

いいきっかけか…、と思った。

最後の賭のようなつもりでもあった。

この子にとって、自分がどういう存在だったのか……それを確かめる最初で最後の機会。

だが本当に、引きとめてもらえるとは思っていなかったのに。

『結婚なんか……、しないでください』

信じられなかった。

そう言った榎本の唇も、自分に見せた涙も——。


拗ねた横顔に、流れていく夜景の明かりが映る。

おとなびて生意気だった中学生は、巽の腕の中で可愛く素直に成長した。

……もっとも、そう見えるのは自分にだけなのかもしれなかったが。

ずっと、永遠に変わることがないように思えた自分たちのスタンスは、いつの間にか別の意味を持っていた。

契約ではなく、単なる恋という名のものに。

この子の、すべてを愛した。頑固《がんこ》なところも、意地っ張りなところも、金槌《かなづち》で自分の指を打ちつけるような、意外と不器用なところも。

それまで知らなかった、いろんな感情を味わわせてもらった。

大切な人に会える喜びも、一緒にいられない時間の長さを思う切なさも。手放そうと決めた時の、身を切られるようなつらさも。嫉妬も。

何を犠牲《ぎせい》にしても、どうしても欲しい――という、後先考えられなくなるほどの衝動も。

自分の人生に二度だけあったその衝動は、十七年前、榎本に最初に会った時、巽を政治の世界へと送り出し、そして今、きわどい立場に立たせようとしている。

自分の立場で、このままこの子との関係を続けていくことは、決して社会的にプラスになることではない。

きっと、誰の目から見ても。

……それでも、手放すことなどできなかった。

帰ったら兄と話そう…、と思う。

この子のことを。自分との関係も。

榎本にあえて告げることはなかったし、実際、兄弟の間で話題にするようなことはなかったが、それでも兄は表沙汰《おもてざた》にしていない息子のことを気にかけていた。

……もちろん、自分たちのことを告白するのは、それなりの覚悟が必要だったが。

父親として怒りもするだろうし、兄として反対もするだろう。政治家という、今の巽の立場を誰よりも理解している人間として、止められるのかもしれない。

それでもこの子が欲しいのだ――、と。

ふっと、視線を感じたように榎本がこちらを向く。

べーッと舌を出してきた表情は、やはり昔と変わってはいなかった。

◇　◇

一泊二日という、「エスコート」のトップ・ガードたちが雁首《がんくび》そろえてあたるにしては短い仕事を終え、最終的に依頼人を都心のマンションへ送り届けたのは、すでに夜の九時もまわった頃だった。

「ご苦労さま。楽しかったよ。いい休日だった」

巽は穏やかに微笑んで、そしてちらり、と、いくぶん意味ありげに榎本に視線をやった。

そう…、自分たちにとってはずいぶん大きな意味を持つ休日だった。行く前と何も変わったようには見えなくても。

「またつきあってもらいたいね」

「ひさしぶりにお会いできてよかったです。また、いつでもご予約を」

真城に向き直ってそう言うと、彼はいくぶんおどけるように丁寧《ていねい》に返してきた。

だが今度は「仕事」ではなくプライベートで会いたいものだな、と巽は思う。

榎本の友人として、真城や志岐の存在は知っていたが――とりわけ真城はかつてＳＰだったため、いろいろな場で顔を合わせたこともある——親しく話をする機会はあまりなかった。自分の知らない榎本の話も聞いてみたかった。自分に見せる顔と、友人たちに見せる顔はまた違うのだろうから。

そうでなくとも、真城たちはゴルフのパートナーとしてもいい連れになる。もっとも、おたがいにフリーの時間を合わせるのはかなり大変だろうが。

「プライベートで受けるなよ。そんな金にならんことを」

と、ふん、と鼻を鳴らして、榎本が横から口をはさんできた。

照れ隠しなのか、「エスコート」のオーナーとしての仕事モードなのか。仕事として入れれば、もちろん利益になるわけだが。

「いつまでも拗ねてるなよ、おまえも」

なにげに不機嫌な榎本に、マンションの玄関の前で志岐がいくぶんあきれたようなため息をついている。

「別に拗ねてなんかいないない」

指先で眼鏡を直しながら榎本は仏頂面のままうめいた。

「あっ、俺が巽さんと仲良しになったからだろー」

と、志岐の後ろからゴルフバッグを運んできたユカリが思いついたように声を上げて、横にいた真城が小さく吹き出した。

途中でよったレストランからここまで帰る間、なぜか榎本は助手席に乗りこんでいて、そのためユカリが巽の横にすわることになったのだ。

年がずいぶんと違うせいか、ゆうべ目撃してしまった衝撃の光景のせいか、初めはどこかぎこちなかったユカリだが、巽の方が気にしていないことを感じると安心したようだった。

水を向けてやると、ユカリは「エスコート」での生活とか、アメリカで暮らしていた時の話などをにぎやかによくしゃべって、巽も退屈することなく時間を過ごしていた。

巽にとって、ユカリはそのまんま息子と言ってもおかしくない年だ。

榎本とはまたまったく違った可愛さがある——というと、また榎本が拗ねるのかもしれないが。

「ほら、ユカリ。最後まできっちり仕事しろ」

志岐が調子に乗るユカリを叱りつけて、抱えてきたゴルフバッグを巽の指定した納戸《なんど》へとしまいこませる。

「遅くまでありがとう」

巽は穏やかに微笑んで、つきあってくれたガードたちの労をねぎらった。

「それでは、失礼します」

丁寧に言った志岐の横で、おやすみなさいっ！　と元気よくユカリが挨拶し、いずれまた、と、真城も会釈《えしゃく》をする。

「それじゃ」

そして榎本も、軽く手を上げて踵《きびす》を返した。

「和佐」

巽は後ろからその肘《ひじ》をつかんで引きとめる。

榎本が、え…？　と怪訝《けげん》そうにふり返った。

「泊まっていきなさい。別にかまわないだろう？」

どうせ出勤時間があってないようなオーナー業だ。どうしても帰らなければならない用もないはずだった。

――いや、あったとしても。

巽を見つめ返した榎本が、ちょっととまどうように視線を漂わせた。

泊まっていく――、という感覚がなかったのかもしれない。毎月五日の日以外は。

そうでなくとも、ゆうべは一緒に過ごしたわけだから、その翌日、榎本が帰っていくのはあたりまえのことだった。

今までは。

「ああ…」

榎本がわずかに長い息を吐き出した。

ようやく思い出したように。

いつでも好きな時に来て、好きなだけ一緒にいられる。自分たちはそういう関係になったのだ、と。

だが十七年も染みついていた事実に、なかなかその感覚が追いつかないのだろう。

「ごゆっくり」

真城が意味ありげな笑みを浮かべて、ぽん、と榎本の肩をたたく。

「うるさいぞ」

榎本は淡々と言い返したが、それでもわずかに頬が赤い気もする。

めずらしくとまどっている様子が楽しくて。

榎本を残したまま重いドアが閉まり、巽は立ちつくしたままの榎本の横から手を伸ばして、ロックをかける。

カタン…、という金属音がやけに大きく耳に響いた。

巽は視線をそらしたままの榎本を頭の先からじっくりと眺めて、くすり、と笑った。

「どうした？　君らしくないね」

「慣れないんですよ」

照れたように前髪をかき上げながら、ぶっきらぼうに榎本が言い返してくる。

巽は何食わぬ顔で先に部屋に上がっていった。

昨日の朝、出かけてから何も変わっていないはずの部屋がどこか違って見える。

この部屋で二人きりになって。それはあたりまえの、馴染んだ空気のはずなのに、今夜はなぜか気恥ずかしくて。

榎本にもそうなのだろうか。

肩越しにそっとふり返ると、視線が天井《てんじょう》から壁をゆっくりと見つめていた。

「……かなり古くなりましたね」

そしてポツリと背中からつぶやいてくる。

「二十年くらいじゃないかな」

そう…、この子と出会うほんの数年前にここに移ってきたのだ。その時は新築だった。

政治家という仕事についてからは、本家に帰ることも多いし事務所で過ごすことも多かったが、やはりこの部屋が一番落ち着く。

ここ十数年は榎本以外、誰も立ち入ったことのないプライベートな空間だった。

「引っ越さないんですか？」

設備の古さや老朽化《ろうきゅうか》を考えると、そろそろ、というところだろう。実際、家からも事務所からも議員会館からも遠く、少し不便ではある。

だが…、考えたことはなかった。

「君を初めて抱いた場所だからね」

おかげでベッドも替えられずにいる。

静かに微笑んで言った巽に、榎本が小さく肩をすくめた。

「そんなにロマンティストでしたか？」

「知らないだろう？　君が帰ったあとのベッドはさびしかったものだ。とり残される身としてはね」

「それは気づきませんでした」

さらりと返されて、巽は嘆息すると、寝室へ入っていった。

服を着替えてリビングへ帰ると、上着だけ脱いだ榎本がめずらしく酒のグラスをキャビネットから出していた。

「ああ…、私ももらおうか」

そう声をかけると、彼はグラスを二つ、用意する。そして水と、氷と。

それをテーブルに運んで、リビングのキャビネットから手近なウィスキーのボトルを引っ張り出した。

「不思議だな…。初めて君がここに来た時にはまだ学生服だったのに、一緒に酒を飲めるようになるなんてね」

ソファに腰を落ち着けながら、巽はグラスに氷を放りこむ榎本を見つめてつぶやいた。

最初に二人で酒を飲んだのは、榎本が二十歳になったその日——九月五日だった。

記念に、と乾杯したことを覚えている。

毎年、この子の誕生日を一緒に過ごしてきた。

考えてみれば、それは巽にとってはうれしいことだったが、榎本にしてみれば他の誰とも過ごせなかったことになる。——友人とも、その当時の恋人とも。

ずいぶん束縛《そくばく》したものだな…、と自嘲《じちょう》気味に思い返す。

「……後悔《こうかい》、していないんですか？」

コトン…と男の前にグラスをおき、ポツリと榎本の唇から言葉がこぼれ落ちた。

何を、かは言わなかったが――巽にもわかる。

十七年前の、あの時の、あの決断を、だ。

『私が……譲歩《じょうほ》してもいい』

その言葉を。

「いや」

巽は一言だけ答えて、静かに笑った。そして、おいで、と榎本を手招きした。

榎本は自分のグラスを持ったまま、巽の横へ腰を下ろす。

この部屋の中で、榎本が自分の言葉に逆らうことはなかった。

だがそれは、従順《じゅうじゅん》だった、というわけでは決してない。どんな命令にも反抗はしなかったが、その分、減らず口は多かったから。

それが楽しくもあった。

あの日、この子の存在が自分の人生を変えた。だが、人生が変わったのはこの子にとっても同じだっただろう。

それがよかったのか、悪かったのか――わからなかったけれど。

「本当に成長したな…」

じっと榎本の顔を見つめ、軽く指先で頬を撫でて、巽は小さく息を吐く。

「そりゃ、倍以上ですからね。出会った頃から言うと」

榎本が肩をすくめて、グラスに口をつける。

一口だけ、喉に通してから、静かに尋ねてきた。

「……いいんですか？」

顔は上げず、膝の上においた手の中のグラスをじっとにらむように見つめたまま。

「何が？」

巽は軽く首をかしげる。

「俺で、かまわないんですか？」

どこか息をつめるような、震えるような声だった。

「ずいぶん可愛いことを聞くね」

巽は自分のグラスに手を伸ばしながら、くすくすと笑う。

「もう…、ユカリほど若くもありませんしね」

「妬《や》いているの？」

巽はからかうように言って、そっと彼の眼鏡を外した。

この距離では必要ない。

指で榎本の耳の上から優しく髪をすきながら、そっとこめかみにキスを落とす。そして耳たぶをかむようにして優しく言った。

「いい子だけどね、ユカリくんも。でも私にとって一番可愛いのは君だけだよ。これからもずっと……ね」

他の誰とも違う。

腕の中で泣かせてみたいのは、この子だけだった。泣かせて楽しいのは。

その言葉に、スッ…と榎本が息を吸いこんだ。

身体いっぱいに、その言葉を満たすように。

「結構…、扱いづらいですよ?」

どこかむずかる子供のように、榎本が言葉を続ける。

そう、今までとは違う。月に一度、身体をつなげるだけの関係とは。

すべてが——欲しくなる。

「まあ…、それは十分わかっているが」

巽は苦笑した。

「時々、あなたの携帯をチェックしますからね」

「恐いな」

「お手付きの秘書とか、囲ってるホステスとか、馴染みの芸者とか……そういうのがいるんなら、今のうちに身辺《しんぺん》はきれいにしてくださいね。うちの調査部を張りつけますよ」

「心外だね。これでもクリーンなイメージで通っていると思っていたんだが」

少しばかりとぼけたように巽は言って、榎本の手の中にある半分ほど空いたグラスをとり上げると、テーブルにもどす。そして、そっと手を伸ばして榎本の頬を包みこむようにして撫でた。

「浮気をするつもりはないよ。君で十分満足しているからね」

じっと榎本の目をのぞきこむようにしてそう言うと、彼はなぜか悔しそうにうつむいた。

巽は親指で酒に濡れた榎本の唇を撫で、すべるように喉元をたどる。シャツの襟に手をかけると、手慣れた様子ですするり…、とタイを外した。

榎本が目をつぶり、何かをこらえるようにそっと息を吸いこむ。

「ゆうべも……したんですよ?」

抵抗することはなく、しかしかすれた声で言ってくる。

ささやかな皮肉か、嫌味なのか。

「二晩続けて君を抱ける贅沢《ぜいたく》を味わいたいね」

だがそんなものはまったく意に介さず、巽は指を休めることなく、順にボタンを外していった。

そして耳元に、そっとささやくように言葉を落とす。

「したくないの?」

甘く、意地の悪い問いに、榎本が口をつぐんだ。

したくない――はずはない。

巽にしても、コースをまわっている間中、ずっとこの子のことが頭から離れなかった。腕の中であえいで、達した時の表情が脳裏《のうり》をよぎって、とても集中できなくて。あまりよいスコアにはならなかった。

胸をあらわにすると、そっと人差し指で撫で下ろす。指の下でビクリ…、と白い肌が震えた。ヘソのあたりまで行き着くと、手際《てぎわ》よくベルトを外し、ジッパーを引き下ろす。

榎本が目を閉じて、息を整えるように呼吸をくり返した。

慣れた……手順だった。いつの間にか。

巽はたいてい、自分の手で彼の服を脱がしていく。一枚ずつ、はぎとっていくたびに変わる榎本の表情が楽しかった。

ズボンからシャツの裾《すそ》を引っぱり出し、両方の肩から落としてやる。だがそれも、なかばくらいまで、だ。両腕の自由を奪うみたいに。

じろり、と非難をこめてにらみ上げた目に、巽は薄く笑っただけだった。

両手で頬を包みこみ、顎を引きよせる。

「ん……」

深いキス――。

舌先で唇を丹念になめあげ、隙間から中へと侵入する。逃げるように動く舌をからめとり、やわらかく吸い上げて。

指を次第にうなじへとまわし、強く榎本の頭を引きよせる。

さらに深く味わって。

「ふ…、ん……」

飲みこみきれない唾液が、榎本の顎から喉元へとしたたり落ちていく。

ようやく唇を解放されて、彼は大きく息を吸いこんだ。

むき出しにされた胸が反り返るように上下し、巽は濡れた唇を喉元から鎖骨《さこつ》へとすべらせていく。

指先でからかうように乳首を弾き、押しつぶす。

「あぁ…」

ビクッと身体を揺らし、榎本が小さく息を飲んだ。

小さな芽を爪の先でいじり、もてあそんでやると、それはあっという間に固く芯を立ててしまう。

とがらせたそれを、今度は唇で蹂躙《じゅうりん》した。舌先でその感触を確かめるようになめ上げ、唾液をからみつかせる。

「あっ…あ…っ……」

鋭い歯で甘噛みしてやると、ビクビク…と身体が痙攣する。

初めての時とは違って、しっかりとおとなの身体だった。つかみかかってくる腕の強さも、手足の長さも。

だが見せる表情は同じだった。……いや、もっと色っぽくなったのかもしれない。

ひどく扇情的で。淫らで。

昔はやっぱり、いくばくかの罪悪感を覚えたものだったから。

巽が濡れて敏感になった乳首をさらに指先でもみ、きつくこするようにつまみ上げると、榎本は無意識に胸を反らすようにしてあえいだ。

「あぁ…っ、あぁぁっ…！」

何か疼《うず》きをこらえるように、早くも榎本の下肢が巽の身体に押しつけられる。

シャツに腕をからめとられたまま、まともな抵抗もできずに、榎本が荒い息の下から巽をにらみ上げてきた。

「ダメだよ…、そんな目をしても」

巽はくすくすと笑う。

さらり、とわずかに汗に濡れた髪をこめかみからかき上げて。

頬を合わせるようにこすりつけて、耳にやわらかく歯を立てて。

「欲しいくせに」

耳の中に吐息《といき》で吹きこんでやる。

「な…」

小さくうめいて、榎本がわずかに顔を赤くする。

「腕を……外してください……」

それでも低く、あえぎをこらえるように押し殺した声で榎本が言った。

「さて。どうするかな？」

しかし巽は顎を撫でて、楽しげに榎本の全身を眺めた。

「なかなかそそられる光景だがね…」

「代議士のモラルが問われますよ」

むっつりと言った榎本に、巽は肩をすくめた。

「今さらだとも思うが」

中学生の、実の甥を抱いたのだ。

あっさりと言って、そしてやわらかく微笑んだ。優しく榎本の髪を撫でる。

「君を抱けないのなら、議員など辞《や》めるしかないしね」

引き替えにできるものなど、何もなかった。

口元についばむようなキスを落として、首筋から肩のラインに沿って唇を這わせ、巽は榎本の身体を抱きしめるように背中に腕をまわした。

肘のあたりでからまるようになっているシャツを、片方ずつ脱がしてやる。

膝の上に抱きかかえられるような体勢で、榎本は巽の肩に顔を埋め、ぎゅっと、背中にしがみついてきた。子供みたいに。

巽はなだめるように頬を撫で、キスを与える。

そして優しく全身を愛撫した。

胸を撫で、脇腹を撫でて、すでに脱げかけているズボンを下着ごと引き下ろす。

中心で、愛撫の手を待つようにはしたなく榎本のモノが揺れていた。

喉の奥で低く笑い、榎本の足を撫で下ろしていく。足の付け根から内腿へ指を這わせ、根本からその形を確かめるように握りこむ。

「ん……」

わずかに腰を浮かせ、榎本が目を閉じた。

手の中で上下にしごいてやると、あっという間にそれは固くしなっていく。裏筋からくびれをたどり、先端を指の腹で丸くこすると、透明な蜜が糸を引くようにしたたり落ちる。

先走りを全体にぬりこめるようにして、さらに強弱をつけてしごいていく。

「は……ぁ……」

榎本の唇からこぼれる息がだんだんと荒くなる。

巽の指は巧みに榎本を追い上げ、しかし決していかせてはやらない。

もっと強い快感が欲しいのだろう、榎本は無意識に腰を揺すっていた。

「くわえてほしい？」

耳元で誘うようにささやいてやると、ハッと、榎本が目を見開いた。

わずかに涙目でにらんでくる顔が可愛くて。

「どうしてほしいの？」

意地の悪い笑みで微笑みかけ、もう一度尋ねると、榎本は唾を飲み、かすれた声で答えていた。

「くわえて……ください……」

ご褒美《ほうび》のように、乾いた唇に軽くキスを落としてやる。そして巽は、床のカーペットの上に膝をついた。

ソファの上でなかばずり落ちかけている榎本の足を大きく広げ、その間に身体をはさみこむ。

目の前に、愛撫を待って揺れているモノが隠しようもなくさらけ出されていた。

「……く……っ」

巽はそれを指で軽くなぞり、榎本がその衝撃に歯を食いしばった。

彼の足を折り曲げ、顔をよせると、ためらいもなく榎本の中心をくわえこむ。

「あぁぁ……っ」

瞬間、榎本が大きく身体をのけぞらした。

唇で巧みにしゃぶり上げ、舌をからみつかせて、榎本を追い上げていく。

「あっ…あっ……あぁ…っ……」

甘い声を上げながら、榎本が無意識に腰をまわしていた。その指先が、押しつけるように巽の髪をつかんでくる。

巽がいったん口を離すと、淫らに唾液に濡れた榎本の中心は固く張りつめて天を指していた。先端からは、小さな滴が次々とこぼれ落ちている。

それを指先でぬぐうようにして指にからませ、巽は根本の球を強く弱くもみしだく。

「ふ…っ、う……」

息をつめるようにしてその刺激に耐え、榎本が大きく身体をよじった。

巽の指はそれからさらに奥へともぐりこみ、後ろの入り口を探っていく。ビクッ、と身を震わせた榎本にかまわず、巽はその部分を強引にさらけ出した。

軽く指先で触れるだけで、そこが一気に収縮を始めるのがわかる。

「ん……っ」

なだめるように、からかうようにそこを撫でてから、巽はゆっくりと指を中へ押し入れる。

抜き差しされ、かきまわされる感触に、榎本は襲いかかってくる熱を逃がそうと、夢中で腰をふり立てた。

そんな姿を、巽は刻みこむようにじっと見つめる。

「顔を見せて」

視線を避けるように、反射的に腕を上げて隠そうとした榎本に、巽は静かに命じた。

榎本が小さく息を飲む。震える拳を額から離し、なんとかソファの縁を握りしめてこらえる。

巽は思わず、くすり、と笑った。

今なら——恋人になった今なら、別に逆らってもかまわないのに。

やはり十七年間のクセはすぐには抜けないらしい。

巽は中へ入れた指で榎本の一番弱いところを暴き立てていく。

「ふ…、あ…ああ…っ、あぁぁぁ……っ！」

深く後ろをえぐるたび、触れてもらえない前がみじめに揺れる。

こらえきれないように榎本の片手が中心へと伸びた。しかし巽は、その手を捕らえて引きはがしてしまう。

「あぁ…っ、や…ぁ……！」

榎本がじれるように大きく身体を波打たせた。

先端からもの欲しげに止めどなく蜜がこぼれ落ちるのを、巽はただじっと見つめた。

「和佐…。欲しがりだね…、相変わらず」

その言葉にカッと榎本の頬が熱くなる。

巽は意味ありげに微笑んで、そっと唇をなめた。

榎本の目が、瞬きもできずにそれを見つめてくる。唇でつむがれる息が荒くなる。

「あ…」

さっき口でされた時の感触が、生々しくよみがえっているのだろう。

ねだるように榎本の腰が揺れる。

巽の指がかすめるようにして榎本の屹立《きつりつ》したモノを撫で上げた。それは先端からこぼしたものでぬるぬると濡れて、浅ましく愛撫の手を待っている。

「して……っ、してください……！」

絞り出すように、とうとう榎本が言った。

「何でも……してあげるよ。君が望むことならね」

巽は耳元でそっとささやいた。優しい、意地悪な、声で。

足の付け根をじらすように撫で、そしてゆっくりと中心を口の中に含んでいく。

舌と唇で前をしごきながら、後ろに埋めた指を大きくかきまわしてやると、榎本は腰をふり乱しながらあえいだ。

際まで追い上げ、寸前でじらし続けて。からかうように舌先で先端をなめ上げ、根本を押さえこんだまままきつく吸い上げる。

「あぁ……っ！　あぁ…っ、あぁぁぁ……っ！」

ギリギリまで追い上げてから口を離し、巽は榎本の表情を楽しみながら、前と後ろと、知りつくした場所を慣れた指で思うままに操った。

「た…つみ……さ……――もう……っ」

限界を訴える声に微笑み、いいよ、と許しを与えてやる。

「あぁぁぁ…………っ」

そして淫らによじれる肢体を見つめたまま、巽はあっさりと榎本をいかせてやった。

ビクビク…と腰を痙攣させながら、榎本が前を弾けさせる。

「汚したね」

熱くからみついてくる後ろから指を引き抜き、榎本の腹に飛び散った白いものをぬぐいながら、巽は楽しげにつぶやいた。

「おいで。シャワーで流してあげよう」

そう言って立ち上がると、巽は榎本の身体をなかば抱きかかえるようにしてバスルームへ連れこんだ。

「自分で……できます」

だるそうに腕を上げ、それでも息を整えて言った榎本だったが、巽はかまわずシャワーをひねり、榎本の身体を洗い上げていく。

着ていた部屋着はびしょびしょになってしまったが、まったく気にしなかった。どうせ、すぐに脱ぐのだ。

巽は手のひらで彼の感じる場所を次々と暴き立て、さんざんあおり立ててから中途半端《はんぱ》なままに放り出し、バスローブでその身体を包みこむ。

「ベッドへ行っていなさい」

優しく言ったその言葉は、まだ終わりではない、ということだ。

榎本はバスローブを肩から羽織《はお》っただけで、それでものろのろと足を動かしていった。

その背中を見送ってから、巽は自分の服を脱ぎ、頭からシャワーを浴びた。

さんざんあおり立ててやって——しかし自分の方も、すでに身体の芯から熱を発している。

自分はタオル一枚でベッドルームに入ると、薄暗い中、ベッドの上に榎本がひっそりと身体を伸ばしていた。

ピクリとも動かず、目を閉じたまま。

十七年——どこよりもこのベッドの上で過ごした時間が長かった。

腕の中に、少しずつ大きくなるこの子の存在を確かめて。

いいのか…、と自問しながらも、手放すことはできなくて。

明かりはつけないまま、薄いカーテン越しの月明かりだけが部屋に満ちていた。

枕元に腰を下ろすと、ぎしり、とベッドがきしむ音が響く。

かきまわすように、わずかに湿った榎本の髪を指先で撫でて、そしてそっと身体を伸ばした。

彼の背中に重なるようにして。

羽織ったままのバスローブをはぎとると、身震いするように榎本がわずかに肩を揺らす。

その背中を、巽は大きく包みこんだ。

なめらかなうなじに、肩に、唇を這わせていく。濡れた音を立てて、小さなキスをくり返す。足をからめ、脇の下から前へ両腕をまわして抱きしめる。

「本当に大きくなったな…」

その大きさを測るように全身を抱きしめ、巽はそっとつぶやいた。

最初に抱いた時は、この腕の中にすっぽりと収まるくらいだったのに。今は……ほとんど同じくらいだろうか。

「だから…、もう子供じゃありません、って」

榎本が低くうめく。

「ここも成長したしね」

くすっと笑って、巽は指をすべらせ、榎本の前をつっ…、となぞっていく。

「……エロオヤジ……っ」

白い目で榎本が肩越しににらんできた。

ゆうべを――最後にするつもりだった。もう自由にしてやらなければ――、と。

本当にそう思っていたのに。

それでも、いざとなると離したくなくて。

『結婚なんか……しないでください』

その言葉が信じられなくて。

『どうして今さら……手放せる……?』

それでも無意識にこぼれた言葉が、巽の本心だった。

両方の手のひらで薄い胸を愛撫する。小さな乳首は巧みな指先にさんざんなぶられ、あっという間に固くとがっていった。

片方の指をさらに下肢へと伸ばし、榎本の中心をそっと握りこむ。その動きに合わせて、榎本が無意識に腰を揺らせていた。

手の中で、ゆっくりと育てていく。

「あぁ…」

シーツを握る手に力をこめて、榎本が小さな吐息をこぼした。

じれるように、榎本が腰をまわし始める。息が荒くなり、次第に誘うように腰が浮いてくる。

それに気づいて、巽は低く笑った。

自分のバスタオルをとり、下肢を榎本の腰のあたりに押しつける。

その感触に、榎本が小さく息をつめたのがわかった。

「……早く……っ」

じらすように腰にこすりつけてやると、こらえきれないように榎本がうめく。

無意識にか、自分から受け入れるように膝を立てて。

巽はくすくすと笑った。

「初めての時はずいぶんと泣いていたのに……。いつの間にこんなにいやらしい身体になったんだろうね？」

意地悪く耳元でささやいて。

「あなたの……せいでしょう……っ」

泣き出しそうな声で、榎本が低く吐き捨てた。

そう…、確かにそうなのだろう。

——それとも？

チリッ…、と胸の奥に熱いものがこみ上げてくる。

「他の男になぐさめてもらったことはないの？」

思わず、尋ねていた。

今までそんなことを聞いたことはなかったのに。自分が口を出すべきことではないと、そう自分を戒めてもいたから。

ずっと無関心なふりをしていた。

「あるわけ……ないでしょう……！」

榎本が肩越しににらみ返してくる。

「いい子だ」

ホッと息をつき、うなじに唇を押しあてて、巽はつぶやいた。

そして榎本のしなる背中を、手のひらでゆっくりと撫で下ろしていく。腰の丸みをたどり、その狭《はざ》間《ま》へと指をすべらせる。

「足を開いて」

膝に軽く手をかけ、淡々とうながす。

榎本は唇をかんで、しかしわずかに腰を上げるとそろそろと足を開いていった。腰を突き出してくるみたいに。

巽の指が奥を探り、無造作に押し広げて、その部分をあらわにする。

顔を枕に埋め、榎本がぎゅっと目をつぶった。

さっきさんざん指でなぶられ、くわえこんでいた場所は、指先をあてがわれただけで早くももの欲しげにうごめいている。

軽く音を立ててキスを落とし、舌先でなめ上げてやると、榎本の身体がしなるようによじれた。

「あぁ……」

すすり泣きのようなあえぎがこぼれ落ちる。

襞にからみつかせるようにして、唾液をぬりこめていく。やわらかく溶けた入り口を押し開き、中にまで舌を差しこんでかきまわしていく。

シーツに爪を立て、榎本が小刻みに腰を震わせた。

後ろへの刺激だけで榎本の中心は反り返し、それに気づいた巽の手でさらにこすり上げられた。

「は…、あ……あぁ……」

湿った音だけが、夜の闇に溶けこんでいく。

先端からは次々と蜜がこぼれ、巽の手を汚していたが、やわらかすぎる愛撫は決定的な刺激にはならなかった。

もちろん、巽にもわかっている。

ようやく舌を離し、背筋に沿って腰からうなじまで唇を這わせて、巽はそっと身体を重ねていく。

わずかに片足を持ち上げるようにして、溶けきった入り口から指を二本、含ませた。

「あぁぁ……」

中を大きくかきまわしてやると、その刺激を押さえこもうと、榎本が腰を締めつけてくる。

しかし馴染ませるように二、三度出し入れしただけで、巽はすぐに指を引き抜いた。そしてじらすように、ヒクヒクとうごめく入り口をなぞっていく。

「あ……」

欲しくて。たまらなくて。

こらえきれないような目で、榎本が肩越しにふり返った。

「欲しいの？」

意地悪く聞いてやると、榎本が何度もうなずく。

巽はそっと微笑んだ。

「表情は昔よりずっと色っぽくなったね…」

子供の時よりもずっと。

心も身体の奥までも、ゾクゾクさせるくらいの。

固く張りつめたモノを、グッとそこにあてがう。

「入れるよ」

かすれた、いくぶん熱のこもった声でささやいた。

榎本が目を閉じて、身体の力を抜く。

巽は先端を浅くもぐりこませ、そして一気に突き入れた。

「あぁぁぁぁ――……！」

瞬間、榎本が大きく身体をのけぞらせた。

「あぁ…っ、あぁ…っ、ああ……っ！」

しかしかまわず、巽は彼の腰をつかみ、中を激しく突き上げる。

「いい…？」

熱い声で尋ねて。

「い…い……！　いい…っ、いい……！」

うわごとのように榎本はくり返していた。自分でも何を口にしているのか、ほとんどわかってはいないだろう。

「いい子だ……」

なだめるようにささやいて、巽はさらに腰を大きく突き入れた。榎本の締めつけるタイミングをはかるようにして、何度も抜き差しする。

その都度、ギュッと締めつけられる快感に意識が吸いこまれそうだった。全身が熱く、焼きつけられる。

ほったらかしにされた前が疼くのだろう。片方の腕でかしいだ身体を支えたまま、榎本が無意識にか、もう片方の手を下肢へと伸ばす。

が、触れる前に巽はそれを捕らえ、シーツへ縫い止めた。

「ダメだ。後ろだけでいってごらん」

「そ…ん……」

無慈悲な言葉に榎本がうめき、しかし後ろへの刺激だけで前はすでにいっぱいにふくらんでいた。こすってやればすぐにでも楽になれるのはわかっていたが、巽はそれをせず、後ろだけに刺激を与え続ける。

「あぁ…っ、あぁぁぁぁ……！」

そして触れられないままに、榎本は極めていた。

荒い息をつきながらぐったりとシーツへ倒れこんだ身体は、しかし腰でつながったままだ。身体の奥に残した自分のモノは、まだ熱く、固い。

「まだまだ十分若いよ」

喉で笑いながら、巽は榎本の身体を引き起こした。自分の膝の上にすわらせるように。

汗ばんだ背中を胸に抱きこんでやる。ぐったりと、熱い身体は巽の腕の中で息を弾ませていた。

心臓の鼓動がまだ激しく、肌を伝ってくる。

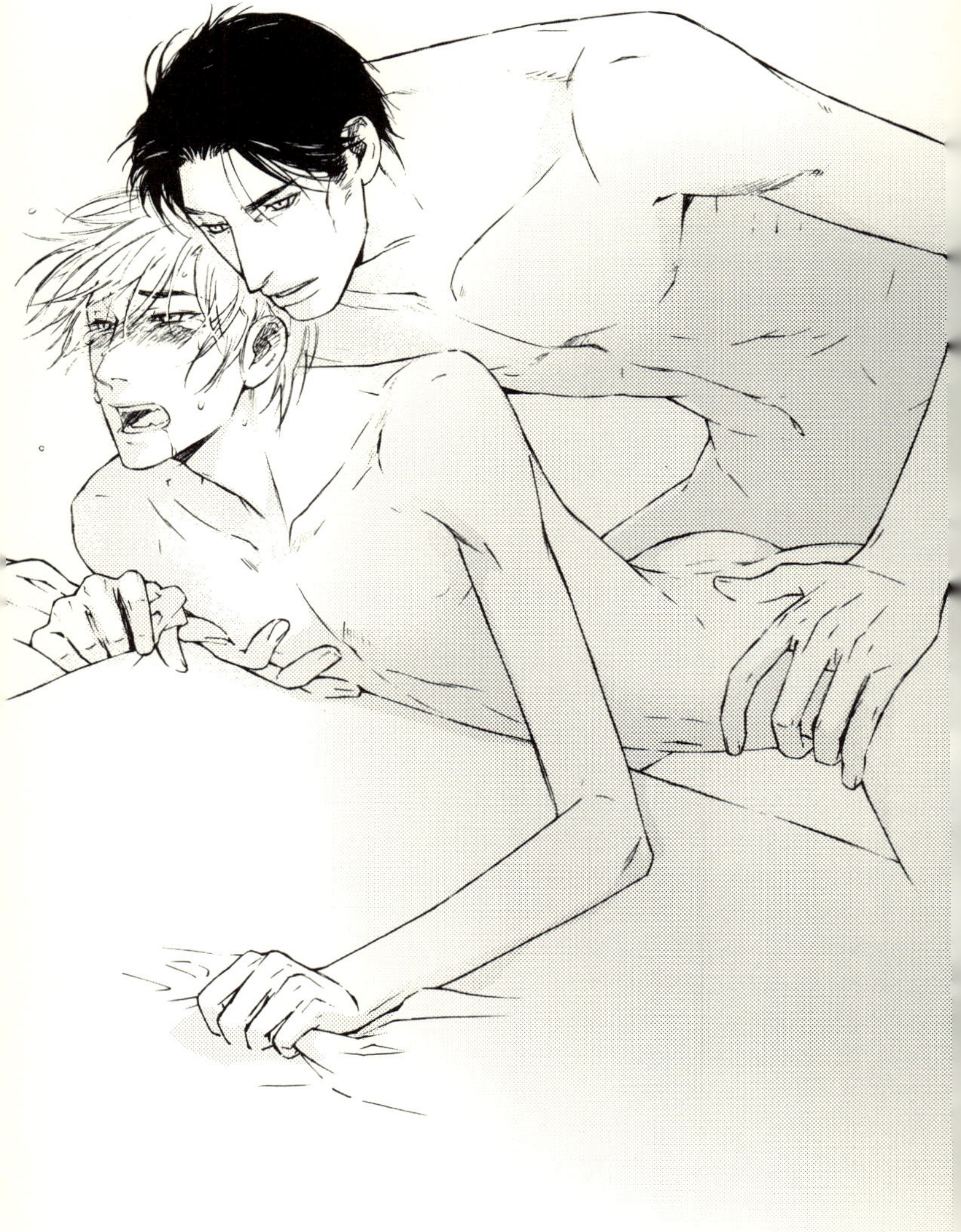

それでもようやく息を整え、榎本が男の腕に体重をあずけながら、低くうめいた。

「……あなたは……ただのエロオヤジになり果てましたよ……」

ずいぶんな言われようだ。

まあ、昔からずっとベッドの上では泣かせてばかりだったから、その認識も仕方がないのかもしれないが。

だが、泣かせてくれ、といわんばかりの榎本の生意気な口と態度も悪いのだと思う。

「でも私に結婚してほしくないのだろう?」

どんなエロオヤジでも。

甘くくすぐるように、耳の中に言葉を落としてやると、榎本は小さく唇をかんだ。

巽はいたずらを仕掛けるように、おとなしくなっていた榎本の前に指をからめる。

「あ……」

榎本が何かこらえるようにそっと息を吸いこんだ。

しかし中途半端にいかされていたそれは、あっという間に巽の手の中で固くしならせていた。

入れたままの腰を揺すってやると、すぐに榎本の身体は快感を追い始める。

「巽……さ……」

乳首を弾き、蜜をこぼす先端の穴を丹念にもみこんで。反射的に締めつけてくる後ろを、深く突き上げてやる。

「ひ…っ、あぁ…っ、あぁぁぁ……っ」

榎本が大きく身体をよじった。

だが巽がそこで動きを止めると、どうしようもなく榎本は自分から腰を動かしてくる。

馴染んだモノをむさぼるようにして、何度も身体を上下させる。

「こんな可愛い身体を、他の人間にやるわけにはいかないからね…」

巽は腕の中であえぐ身体を抱きしめて、そっとつぶやいた。

「ん…っ、あぁ…っ！」

下から何度も突き上げ、身体の奥でわだかまる快感を引きずり出してやる。

榎本は、巽が前にまわした腕にしがみつくようにして、激しく、淫らに身体を揺すり上げた。

おたがいの熱が一つに溶け合う。榎本の前にからみついた指が際まで追い上げる。

「あぁっ、あぁっ、――あ…、あぁぁぁぁ――……！」

そして何度目か、奥深くまで突き上げた瞬間、榎本は前を弾けさせた。

きつく締めつけられ、こらえきれずに巽も奥に放っていた。

ぐったりとそのまま倒れこんだ榎本の身体を、背中から抱きしめる。

「私は……君のものだよ。君だけのものだ」

巽はかすれた声で、そっと耳元でささやいた。

この子が――ではない。

ずっと自分がこの子に捕らわれていたのだ。きっと初めて会った時から。

その言葉に、榎本がそっと目を閉じた。

「和佐。君だけを……ずっと愛しているから」

優しく頬を撫で、額を撫でて。後ろからまわした指で顎をとると、唾液に濡れた唇を指先でたどっていく。

うなじから首筋に、熱いキスを落とす。印《しるし》を刻むように、きつく。

「……あたりまえです……」

誰にも——渡さない。

と。

その答えとともに、巽の腕に深く爪が立てられた。


いつもと同じ、マンションの自分の部屋で巽は目が覚めた。

大切な子を腕に抱いたまま。

思わずカレンダーを確認した。

七月十二日——。

六日ではない。ようやくひと月ぶりにめぐってきた、この子に会える一日が終わってしまった、その日ではなかった。

会えるのが楽しみで。だが会ってしまうと、また一カ月待たなければならない…、という失望がいつも胸に残っていたのに。

会えるのだ。いつでも。

いつでも、こうやって腕に抱くことができる。

巽はそっと指先で乱れた榎本の前髪をかき上げてやる。

あどけない、という年ではなかったが、巽の目にはやはり可愛い恋人だった。

いくつになっても。

そっと唇にキスを落とし、腕の中に抱き直して、巽はもう一度目を閉じる。

腕の中の熱が、何かをねだるように懐《ふところ》深くにしがみついてきた——。

end.

プレイス

突然、携帯《けいたい》の着信音が響いたのは、七月末の比較的過ごしやすい夏の宵《よい》だった。

宵といっても七時前で、陽の長いこの季節、「エスコート」本社の二十八階——最上階の窓の外にもようやく夕闇《ゆうやみ》が降り始めたくらいだろうか。少し前まで雨上がりの空は鮮《あざ》やかなくらいの夕陽を映していて、律《りつ》が広いガラス張りの窓に張りついて瞬《まばた》きもせずに大きな空を眺《なが》めていた。

榎本も色を変えていく風景を楽しみながら窓際のソファでのんびりとくつろいでいて、その部屋の中央では数人の男たちがビリヤード台を囲んでいる。

志岐《しき》と真城《ましろ》と延清《のぶきよ》、それにユカリだ。今日はこれからビリヤードとダーツとカードの三本立てで、トライアスロンなゲーム大会をやるらしい。

延清がよくつきあう気になったな…、と榎本は感心したが、最近はそれなりに、オフの時も他の仲間と過ごすことも多くなったようだ。

まあ、ユカリが律を誘うことが多く、延清はそれに引きずられている感じだったが。

無粋な着信音は着メロではなく普通の電子音で、その場にいた人間は一瞬、おたがいの様子をうかがい合ったが、どうやら真城の携帯のようだ。

榎本は携帯をほとんど持ち歩かない。なにしろ携帯の番号を知っているのはきわめてプライベートなつきあいのある数人くらいで、その数少ない中のほとんどは同じ会社に勤めている。——というよりむしろ、この同じビルの中に住んでいる。

ということは、電話でなくても毎日顔を合わせられるわけで。必要なら内線でかかってくる方がよほど多かった。もちろん彼らが日本にいる場合は、ということだが、海外からわざわざ携帯にかけてくるほどの用はほとんどない。

榎本は顔も広く、各界にいろんなつきあいが多いのだが、逆に言えば、そういうつきあいでの会食やパーティー以外ではたいていオフィスか自室にいる。捕まえるのが難しい人間ではないので、ほとんどの連絡はオフィスか自室の固定電話に入るのだ。

だがそれは真城や志岐たち、他の連中にも言えることだろう。海外にいることも多く、なかなか捕まらないこともあるのだが、それだけにどうしても、と思う人間は会社にアポイントを入れてくる。

彼らが「顧客《こきゃく》」に携帯の番号を教えることはまずないだろうし、着信があるとすれば、よほどプライベートな人間からだ。

――恋人、のような。

悪い…、と片手を上げて、真城がいったんビリヤード台を離れる。

こんなところまで律儀《りちぎ》に携帯を持ってきているのか、と榎本はちょっと感心し、しかしこんな時間、真城の携帯に連絡を入れるような人間は一人しかいないことに思いあたって、ちょっとにやりとする。

真城は今日の午後にヨーロッパから日本に帰ってきたばかりだったが、恋人の清家《せいけ》には連絡をとっていたのだろう。平日だが、少しでも会いたい、というところか。

しかし、もしもし、と部屋の隅《すみ》で電話に出た真城は、ほんの一言、二言、言葉を交《か》わしただけで、ちらりと榎本に視線を向けてくる。

「……少々お待ちいただけますか」

口元でわずかに微笑《ほほえ》んで、丁寧《ていねい》にそう言ったところをみると、どうやら相手は年下の恋人ではなかったらしい。

真城は携帯を手にしたままこちらへ向かってくると、ソファの背もたれ越しに榎本に差し出してきた。

「おまえにだ」

「え？」

と、さすがに榎本は首をかしげる。

自分宛の電話が真城の携帯に入るというのは、まったく意味がわからない。

怪訝《けげん》に思いながらも真城の携帯を受けとって出てみると。

「もしもし？」

『和佐《かずさ》？　私だが』

聞き慣《な》れた声が耳に流れこんでくる。

巽《たつみ》――だった。

一瞬、榎本は声を失った。なんで？　という思いだ。

にやり、と今度は逆に真城に意味ありげに笑われ、彼はそのままゲームにもどっていく。

「……どうして……、真城の携帯なんですか？」

『君の携帯にかけても出ないからだろう？』

それでも気をとり直し、いくぶんむっつりと言った榎本に巽がさらりと返してくる。

そう言われると、確かに反論のしようはないが。

「よく真城の携帯番号なんか知ってますね」

いくぶん皮肉に言った言葉に、巽が耳元で小さく笑った。

『この前、番号を交換したんだよ。便利だろう？　こういう時のために』

……どんな時なんだか、と榎本は鼻を鳴らす。

『嫌なら君がちゃんと持ってなさい。これからは…、いつ連絡がとれるかわからないのだからね』

叱《しか》られて、しかしその言葉に少し胸がぎゅっと絞られるようだった。

そう…、いつでも、時間がある時に会えるようになったのだから。

だけどそのことにまだ慣れなくて。

以前はせいぜい五日の前日に、思い出したように連絡があるくらいだった。何か欲しいものはないか、とか、食べたいものがあるか、とか。他の日にかかってくるようなことはなかったので、鳴らない携帯を身につけておくのはやはりさびしくて――あまり手元においていなかったのだ。

「それで、どうかしたんですか？」

ゲームに夢中で気がつかないユカリや、まったく無関心な延清はともかく、真城と、そして勘《かん》づいたらしい志岐のどこかからかうようなダブルの眼差《まなざ》しから、つい、と顔をそむけて、あえて平然《へいぜん》と榎本は尋《たず》ねた。

『にぎやかだね』

しかし巽は、ふと気がついたようにそう言った。

「ええ…、ちょっと」

『もしかして、外へ出ている？』

パーティーか何かだと思ったのだろう。

「いえ…、いますよ。今、ゲーム大会なんです」

『ゲーム大会？』

「ええ。ユカリが言い出して」

どうやらお祭り好きのユカリが、この季節、「夏祭り〜、花火大会〜」とうるさく志岐にせがんでいたらしく――田舎《いなか》の日本的な神社の夏祭りに行きたかったらしいが――、しかし志岐にはつきあってやる時間的な余裕がなかったので、とりあえずなだめるためにゲームにつきあってやったのが、他のメンバーも巻きこんだものらしい。

ほう…、と楽しそうに巽がうなる。

「何か急用でしたか？」

榎本はもう一度尋ねた。

もし、会う時間ができたということなら――別に榎本がゲームにつきあう必要はないのだ。

しかし返された言葉に、榎本はちょっと驚いた。

『今から君のところへ行ってもいいかな？』

「え…？」

『何かまずい？』

どこかからかうように、探《さぐ》るように言われて。

「そんなことはありませんが」

ただ、今までずっと自分が巽の部屋を訪《おとず》れることがあたりまえで、巽が自分のところに来るという感覚がなかったのだ。

くすくす、と巽が笑った。

『今、ビルの下まで来てるんだよ』

「――えっ？」


「あっ、巽さんだ！」

まさか追い返すわけにもいかず、ビルの下まで迎えに行った榎本は、巽がこの間の礼を言いたい、というので仕方なく、男を最上階のプレイルームに案内した。

ドアの開く音に顔を上げたユカリが、キューを握《にぎ》ったまま声を上げる。

誰とでもすぐに親しくなれるのはユカリの長所だろうが、しかし恋人を名前で呼ばれるのはちょっとばかりおもしろくない。……さすがにおとなげないので口には出さなかったが。

しかし巽もそれを許しているらしいのが、さらに気に食わない。

「ここへいらっしゃるのは初めてでは？」

一通り挨拶《あいさつ》してから、真城が穏《おだ》やかに微笑みながら尋ねている。

「そうだね。一度、来てみたくてね」

うながされるままソファの一つに腰を下ろした巽が、ちらり、と後ろに立ったままの榎本をさりげなくふり返りながら答えた。

ゲームの方は一時中断したようで、それぞれに律が入れてくれた飲み物をとりながら、客を囲んでいる。

「最近よくテレビでお顔を拝見します」

律がコーヒーを出しながら言ったのに、志岐がわずかに首をひねる。

「おいそがしい時期じゃないですか？」

そう、総裁選《そうさいせん》も告示《こくじ》され、各議員が票固《ひょうがた》めに走りまわっている時だ。こんなところでのんびりコーヒーを飲んでいるヒマはないはずだった。正直、榎本にしてみれば、こんなところでくつろいでいないで、どうせくつろぐなら自分の部屋に行ってほしい、と思うのだが。

独占したい、ということではなく――この年で、いくらなんでもそこまでガキではない――他の連中の前で巽といるのに、いささか居心地《いごこち》の悪さを感じるのだ。

ここにいる誰もに、恋人だ、と認識されている今は特に。

しかし巽の方は、どうやら彼らと話したいようだった。榎本に隠れてコッソリと、志岐や真城には榎本の昔話を聞いているようだったし、ユカリのようなずっと若い連中と話すのも楽しいらしい。

「今さらバタバタしても仕方がないしね」

志岐の言葉に、巽はのんびりしたものだ。

——とはいえ、腹の中で何を考えているかわかったものではないが。

「オーナーに会いに来たんですか？」

ユカリがストレートな質問をぶつけ、榎本は思わず飲んでいた緑茶を喉《のど》につまらせそうになる。

「会える時間が少ないからね」

しかし巽は動じることなく、静かに微笑んだまま言った。さすがは年の功、なのだろうか。

ふぅん…、とうなったまま、ユカリはちろちろと榎本と、そして巽を見比べている。

仕事でもプライベートでもたいてい志岐と一緒にいるユカリにしてみれば、いつ会っているんだろう、という疑問はあるのかもしれなかった。

「どうしたの？」

落ち着かないユカリの視線に、おもしろそうに巽が尋ねる。

「そのー、巽さんはオーナーのどこがいいのかなー、と思って」

さらにストレートすぎる質問に、巽がちょっと目を丸くする。

恐いもの知らずなユカリに、志岐が後ろで吹き出した。

「……どういう意味だ、それは」

むっつりと榎本はうめいた。ユカリの教育については、一度、膝《ひざ》をつきあわせて志岐と話さねばならんな、と思いながら。

「さて。そうだねえ…」

顎を撫でて楽しそうに微笑みながら、巽が榎本を意味ありげに眺めてくる。

「俺もそれは聞いてみたいですね」

真城がくすくすと笑いながら口をはさんだ。

榎本はじろり、とその男を横目でにらむが、さすがにつきあいが長い分、たじろぐ様子はない。

「本当によくこんな悪魔のしっぽ付きとつきあってますよねえ…」

どうやら真城の言葉は、いつも榎本が真城の恋人をからかって遊んでいることへの報復らしい。

「その三角のしっぽが可愛いんじゃないか」

巽はすました顔で、ひょうひょうと答えた。……榎本としては、いくぶん納得できかねない褒められ方ではあったが。

「カワイイんだ……」

どこか呆然《ぼうぜん》としたようにユカリがつぶやく。

「ゲテモノ趣味なんですね」

真城がわざとらしいため息とともに評しながら、口元でにやにやと笑った。

「悪食《あくじき》」

と、聞いていないような顔をして会話を聞いていたらしい志岐が、ボソッ、と低くつぶやく。

「……きさまら」

むっつりと榎本はうめいた。

「通好《つうごの》みと言ってほしいね」

その巽のフォローに、一瞬、さすが、と納得しかけた榎本だったが、微妙《びみょう》に、ん？　と首をひねる。

何か引っかかる気もするが——。

「って、それ、マニアってことだよねえ？」

特に皮肉というわけでもなく、ナチュラルに指摘したユカリの頭を、榎本は問答無用に平手でぶん殴《なぐ》った。

ぶっ、と志岐がこらえきれないように吹き出す。黙って聞いていた律があわてて下を向いたが、その肩は小刻《こきざ》みに震《ふる》えていた。

延清だけがいつものように無表情にコーヒーをすすっていたのが、唯一の救いだったかもしれない。

これで延清にまで爆笑《ばくしょう》されていたら、さすがの榎本もしばらくは立ち直れそうにない……。

「……まったく、何しに来たんですか?」

みんなによってたかっていじめられた榎本は、ようやく巽をプレイルームから引っ張り出して一つ下の階の自室へ向かいながら、ぶつぶつと文句を垂れた。

「君の顔を見に、と言っただろう?」

しかし巽はすまして答える。

「君の暮らしている部屋も見たかったし」

そう言われると、少しくすぐったい気もするが。今まで二人で会う場所は、常に巽のマンションだったから。

「いいところに住んでいるね」

二十七階という高層階に、窓から外を見下ろしながら巽が微笑んだ。

「オフィスと同じ階というのがめんどくさがりの君らしい」

指摘されて、榎本は肩をすくめた。

まったくその通りではあったが。

部屋へ入ると、巽は上着を脱いでソファの背にかけ、ゆっくりと部屋の中を見てまわっていた。

棚の中をのぞきこむ巽に、榎本はハッと思い出す。

だが、すでに遅かった。こんなふうに急に来るのではなく、前もって言っておいてくれれば片づけておいたのだが。——棚の中も、チェストの上も。

「ふぅん…」

と、巽が棚の中のCDをいくつか指先でめくり、数冊の本の背表紙をチェックし、一冊きりのアルバムを開いてクスリと笑った。

この十七年の間に巽にもらったものだった。誕生日やその他の時でも。棚の中には、たまに行った映画のパンフレットやら、プレゼントについていたカードまでとってあるのだ。

仕方なく、榎本は腕を組んだまま、それを眺めていた。

一緒にとった写真は多くはなかったが……それだけに大切なものだった。

いつか終わりがくることはわかっていたから、どうしても捨てることができなかった。

自分だけの思い出で、こんなふうに巽に見せるようなことがあるとは思っていなかったのに。

「君は私にはこんなに可愛いのにねぇ…」

意地悪く言われて、榎本はふん、と鼻を鳴らした。

「好きな男にだけ可愛いのはあたりまえでしょう。あいつらに可愛いくしてもいいことはないですからね」

と、ふと、榎本は思い出す。

「俺、そういえば巽さんにプレゼントをあげたことはなかったですね」

巽の誕生日は先月だった。自分の時には毎年会っていたから、いつももらっていたのに。

用意したことも、あったのだ。ただ、どうやってそれを渡せばいいのかがわからなかった。

「来年からは期待していいのかな？」

意味ありげに尋ねられて。

「リクエストを出していただければ、なんでも」

今の巽にさほど欲しいものがあるとも思えないが。

「少なくとも、プレゼントを渡しに会いに来てくれるのならうれしいね」

そんな何気ない言葉に胸の奥が甘く疼《うず》く。

「なんでもしますよ？　考えておいてください」

いたずらっぽくそう言うと、楽しみだね、と巽が笑う。

窓の外はすっかり夜景に変わっていた。深海《しんかい》に星が落ちたような光の街。

「今晩は……どうするんですか？」

なるべくさりげなさを装って榎本は尋ねた。

まだ聞いてはいなかった。時間つぶしにでもよったのか、それとも――。

「どうしてほしい？」

くすり、と笑って、巽が聞き返してくる。

わずかに男をにらむと、巽は声を出さずに笑って、そしてポケットから携帯をとり出した。

怪訝に榎本が見つめる前で、一本の電話をかける。

「ああ、私だ」

相手は……誰だろう?

ちらり、と巽の眼差しが榎本を見つめてくる。

「今夜の予定だが……そう、天坂《あまさか》先生との。断《ことわ》りを入れておいてくれないかな。……ああ、そうだ。頼む」

秘書、だろうか。天坂という名前には聞き覚えがあった。確か与党の代議士だ。官房副長官《かんぼうふくちょうかん》——ではなかったか。

どうやら約束があったようだ。

「いいんですか?」

わずかに眉をよせて榎本は尋ねた。

「食事をするだけの約束だからね」

しゃあしゃあと言った男に、榎本は白い目を向けた。

「仕事をほっぽり出すと税金泥棒《ぜいきんどろぼう》と言われますよ」

「誰に?」

「ユカリあたりに」

巽がくすくすと笑う。

「仕事と言ってもね…」

どうせ根《ね》まわしとか、裏取引の類《たぐい》だろうが。

この時期のこの時間だ。いわゆる料亭政治というところか。総裁選前など、料亭はかき入れ時なのかもしれない。

「政治は夜動く…、というわけですね」

榎本は肩をすくめた。その夜にこんなところで油を売っていていいのか、とも思うが。

「急なキャンセルだとむこうは焦《あせ》るだろう?」

さらりと、しかしどこか意味ありげに言われて、ああ…、と、ようやく榎本も納得した。

つまり、相手方は巽が政敵である別の人間と会うのを優先したのかもしれない、と考えるわけだ。そうすると、次に会った時にはこちらの優位に話を持って行きやすくなる、ということか。

駆け引きだ。巽が例の縁談《えんだん》を断ったことが広まっていれば、またいろんな勢力からの接触があるわけなのだろう。

「ま、むこうはこちらが誰と会っているのか、居所《いどころ》を必死に探っているだろうから、ここはいい隠《かく》れ家《が》になるかな」

ふーん、と榎本はいくぶん拗《す》ねたふりでそっぽを向いた。

「純粋《じゅんすい》に俺に会いに来てくれたわけじゃないんですね。エスコートを隠れ家代わりにするんなら高いですよ?」

「純粋にも不純にも君の顔は見たいからね」

しかし男は悪びれずに言うと、ソファに腰を下ろし、おいで、と手を広げた。

榎本は素直に近づいて、その腕の中に身を沈める。

「いつでも…、時間がありさえすればこうして君を抱きたいよ」

耳の中に甘い言葉が落とされた。うなじに指先がすべり、猫のように喉が撫でられ、そっと顎が持ち上げられる。

優しいキス――。

「時間がないのなら作ってもらいましょうか」

榎本は男の首に両腕を巻きつけ、その膝に乗り上がりながら、にやりと笑って言った。

「俺を恋人にするんでしたら、時間がないじゃすましませんからね」

男がちょっと目を丸くする。そして、やれやれ…、というように微笑んだ。

「君の扱いは、私の中で常に最重要項目《こうもく》に指定しておくよ」

「当然ですね」

それが自分を手に入れた男の責任というものだ。

榎本は、そっと男の唇にキスを落とした。……ご褒美のように。

end.

あとがき

こんにちは。しばらく開いてしまいましたが、エスコート・シリーズ4作目のお届けになります。ようやくオーナーの登場ですね。他人の恋愛ごとには口ばっかり出していた榎本ですが、自分の恋愛には結構カワイイ感じです。巽さんはどこかの社長に比べるともっとジェントルなオヤジですね。……いや、若かりし過去編ではかなりえろい感じですが…、というか、昔の方がエロかったような。今は年をとった分落ち着いたのかしら。

というわけで、榎本、……受けでした。どうでしょうか？　おそらく雑誌掲載時には8割くらい榎本攻めだと考えていたのではないかと思います。新書から読まれていた方は半々なのかなあ。雑誌掲載が01年ですので書いたのはこの「フィフス」の方がずっと早かったのですが、本としては先に「ストレイ・リング」が出ましたので、40代と30代のカップルに覚悟と免疫（笑）ができていたのではないかと。でも私も、2作目までは榎本は攻めだろうな～、とぼんやり思っていたのですが。

実は雑誌掲載時、真城と榎本のお話は2通りずつ頭にありまして、真城は同級生カップルにするか年下攻めにするか迷い、榎本はもっと根本的に攻めにするか受けにするかで迷いました。榎本が攻めだったら、相手は高校生くらいのきかん気な男の子だったかな。どちらでも楽しく書けそうな感じだったのですが……真城も榎本も私の中での意外性のある方をとってしまいました。榎本の場合は、オヤジが浮かんだ瞬間、もうずるずると引きずられるように……。オヤジの魅力には逆らえませんっ。

そういえば、3月末にシリーズ1作目「エスコート」のドラマCDを出していただける予定です。32才のおとな三人とユカリちゃんの掛け合いがすごく楽しい仕上がりですので、ぜひとも彼らの声を聞いていただければと思います。アダルト組はみなさん、すごく渋くカッコよく、ユカリはまんまユカリちゃんですよ〜。

さて、イラストをいただきました佐々木さんにはいつもながらご迷惑をおかけして本当に申し訳ありません。今回のカバーは巽さんの渋い魅力もさることながら、榎本！　目にした瞬間、悩殺されるような色っぽさでした。1作目で最初に榎本を見た時にも、は、早く泣かしたいっ、という欲望を抑えきれなかったものですが。本当にありがとうございました。編集さんにも前回に引き続き……(涙)。今年こそは早くペースをとりもどしますっ。

そして本書におつきあいいただきました皆様にもありがとうございました。こういう榎本もいいかな、と思っていただければうれしいです。また次回、お会いできますように。

2月　節分！　豆まきでっす！　年の数より食べてます…。

水壬　楓子

初出

フィフス――――――――――2001年　小説エクリプス10月号（桜桃書房）掲載

スタンス――――――――――書き下ろし

プレイス――――――――――書き下ろし

この本を読んでのご意見・ご感想をお寄せ下さい。

〒151-0051
東京都渋谷区千駄ヶ谷4-9-7
(株)幻冬舎コミックス　小説リンクス編集部
「水壬楓子《みなみふうこ》先生」係／「佐々木久美子《ささきくみこ》先生」係

リンクス ロマンス

フィフス

2005年2月28日　第1刷発行
2006年3月31日　第3刷発行

著者……………水壬楓子《みなみふうこ》

発行人…………伊藤嘉彦

発行元…………株式会社　幻冬舎コミックス
〒151-0051　東京都渋谷区千駄ヶ谷4-9-7
TEL 03-5411-6431（編集）

発売元…………株式会社　幻冬舎
〒151-0051　東京都渋谷区千駄ヶ谷4-9-7
TEL 03-5411-6222（営業）
振替00120-8-767643

印刷・製本所…図書印刷株式会社

検印廃止

ISBN4-344-80532-1　C0293
Printed in Japan

幻冬舎コミックスホームページ　http://www.gentosha-comics.net